踏上審計師之路
1825天

Fake 文青 著

目／錄

序·成長的回憶

這本書是我耗費三年時間寫成的,從 2020 年末一直寫到 2024 年初。在這期間,我經歷了離開審計界又再度回歸,但最終我還是選擇再次離開。就在我第二次離開審計界時,我決定將這本書出版。

雖然有些朋友認為出書是我的夢想,但實際上並非如此!這本書是我送給自己的一份禮物,就當作是審計生涯的總結吧!

這間公司承載著我成長的無數回憶。我怎樣由一無所知的職場新人,逐漸成長為一位帶領上市公司審計項目的 Senior In Charge。這五年的審計經歷真的非常辛苦,日以繼夜地工作,無論是 Peak Season 還是 Slack Season,我每天都需要加班到深夜。Peak Season 只代表著加班時間更長。

儘管我們常常批評審計工作壓力大又不討好,但曾經我們也擁有過愉快的審計時光。在那個壓力爆煲的 Peak Season 中,我們用歡笑一次又一次填滿了那繁忙的時光。

有朋友的 Peak Season,即使加班到凌晨,也沒有你想像中難捱。

這本書不是要教大家做審計,亦沒有太多審計的知識跟大家分享,它只是想跟大家說一個關於年青審計師的故事。

她是一位職場的新鮮人,懷着對審計的熱情步入這間公司。她經歷了許多的第一次,第一次出 business trip,第一次做 In Charge 帶 job,第一次做 IPO 等等。她有無助的時候,有不被諒解或是被壓榨的時候,當然亦有辛苦到想哭的時候,但她跟自己說,與其放棄,不如跟自己細細聲說句加油。

她遇到不同的同事，她開始明白到人生並不是只有一條道路，世界亦沒有所謂的成功與失敗。最後，不過是取決於你想過怎樣的生活而已！

我希望藉着故事的主人翁及所有的小故事讓我們回憶起每一段跟團隊相處的小片段，有搞笑的時候，有辛酸的經歷，還有一些矛盾的時刻，但無論如何，那段回憶很深刻，並且很令人懷念。

曾經我們都經歷過愉快審計，只是我們終於會長大，我們更看重性價比，追求的事物也不再一樣了，所以在留下與離開之間，我們選擇了離開。

多謝我遇到的每一位朋友和同事，你們都讓 Fake 文青有一個高潮迭起，辛苦又開心的審計經歷。

Fake 文青

2023 年 9 月 5 日

多謝那些年我們沒有選擇放棄，才有了今天的自己。

1 · 離開從不是一個容易的選擇

那五年的時光，隨著交電腦那一刻，一一被剷除了，留下的只有冷冰冰的僱傭合約，還有在面試官面前自信滿滿介紹自己那五年高潮迭起的經歷，但到底除了這些，還有什麼被留下來呢？

即使我們多麼厭倦 audit 這行，亦不停抨擊那些為了做而做的 working，但不能不說在面試官面前，那五年雞毛蒜皮的經歷正正展示出我們的 project management skills，people management skills 和 technical skills。

沒有那五年的經歷，我們又如何證明一個 20 尾的小女生有能力管理一個部門，有能力管理不同的項目，有能力去駕馭不同的人呢？

「這裡的成長不是慢慢的，而是突然的，是不經意的。」

今年還做着影印小妹，下年已經變成 In Charge，而這個快速的成長，在這個行業是很正常，亦是一個 Auditors 應該具備的技能。畢竟我們每天已經工作了 15、16 個小時，代表我們工作一天，相當於別人工作兩天的時間，所以畢業生清澀的樣子，很快就會一去不返了。

工作很委屈，成長很迷惘，生活很辛苦，這一一都是 audit 這幾年生活的總結。

可是除了委屈、迷惘和辛苦，還有一樣東西，我們珍惜非常，是那時的熱血和熱情，令我們即使遇到多少的困難，我們都一一挨過，一一的解決了。

「Audit，一個工作量極不合理，亦沒有人道的行業，它有 100 個讓你離開的理由，但你為一個理由留下來了，及後你又再為唯一一個理由離開了。」

交出員工證那刻，所有的不捨一一湧現，曾幾何時，我覺得自己真的很討厭這個為做而做的行業，但這刻我在想，如果可以，我想收回那封辭職信。

到現在，我還是分不清楚，我是真心喜歡上 audit，還是忘不了那時的自己，忘不了那一段工作到凌晨的熱情？

五年的時光，比我預期中更彈指即逝，離開的決定一點也不容易，因為這間公司最值得重視是「人」，那些 amazing 的同事，你知道即使去了別處，你也再遇不上他們了，因為他們的存在是這個行業獨有的。

這五年的時光，我感謝在公司遇到每一位朋友，你們都令我成為更好的自己！

2 · Audit Offer

我並不是剛大學畢業就從事 audit 工作，經過一年外面的磨練後，我又回到別人的起點。有時在想，如果 audit 是我畢業第一份工作，可能我捱不足三年就辭職了。

經歷了那一年的磨練，我沒有一般 Auditors 對做 Commercial 的幻想（做 Commercial 好 hea，可以準時收工，就算客戶做錯都有 Auditors 包底），反而我感受到太多辦公室政治，因為 Commercial 有正常的工作量，所以同事空出來的時間就玩辦公室政治，明明大家已經成年，但小學雞的行為卻數之不盡。做 Commercial 的工作量確實比做 audit 少許多，但在辦公室政治的漩渦中，亦不好過。

我理解 Auditors 對 Commercial 存在著不少的幻想，等我一一解釋。

1. Commercial 工時短，返朝九晚五。同事只有在埋數時才要加班到晚上 7 至 8 點，從工時來說，確實很不錯。可是，如果你是一個喜歡 flexible working hour 的人，可能就接受不了。因為合約上列明上班時間是早上 9 點至晚上 6 點，所以你返工不可以遲到一分鐘。他們很重視準時，假如你每月遲到數天，你上司開始會有微言。

2. 公司充斥著大媽級的人物，要跟她們溝通，你首先要了解現在尿布奶粉幾錢，小朋友有那些興趣班應該報之類，否則，你會變成異類。有朋友跟大媽談及 SP，大媽以為是日劇 SP（特別篇），令我朋友尷尬非常。做 audit 的好處在於大家年齡差不多，我們可以聊最潮，最熱門的八卦，晚上加班又可以隨時轉換為感情台，交流下大家的感情生活。

即使我們是同事，但更像戰友，這是 Commercial 冷冰冰的文化中體會不了的。

3. Commercial 的上司更喜歡對你監視。你去洗手間超過 15 分鐘，已經收到親愛同事的 WhatsApp 問候，更不用說要享受 coffee break。Commercial Accountant 枱頭都有鏡，為了偵測有無上司經過，你就可想而知大家都活在被監視的環境下。反之，Auditors 因為長期出 job，即使你 in charge 想監視你，但他自己忙到連監視你的時間也沒有，只要你有功課交，有誰會理會你有無去 coffee break，或去洗手間超過 15 分鐘呢？

4. Commercial 的同事，覺得返工只為搵錢，跟 Auditors 的想法截然不同。在 audit firm，我們除了搵錢，更希望學到更多的 technical skills，希望那一點一滴的技能可以對將來搵工有幫助。更重要，剛畢業，那些熱情還未消失，audit firm 只是大學的延伸，所以我們才稱同時期入職的同事為 batchmates，正因為我們還有保衛金融市場穩定的雄心壯志，所以加班無補水，我 OK；被不同 parties 捽，我 OK；用生命去做 audit，我 OK。這份熱血，是在 Commercial 找不到的。

Commercial 沒有你想像中容易做，最後還是看你想過怎樣的生活，每一種生活也是一種 trade off。你想要 flexible working hours，想工作多變，想 project-based，想遇到不同的同事，就要付出相對的辛苦和努力；如果你想要穩定，就要忍受工作沉悶；如果你想每年薪金能大幅度提升，就要更努力工作，這是永恆不變的道理。

經歷了一年的磨練，我終於在某年的聖誕節收到那間 audit firm 的 offer，『Congratulations! We are delighted to be offering you the position of Associate.』

那年的聖誕禮物，是我收過最棒的聖誕節禮物。雖然那五年的生活，很辛苦和無助，但同樣很精彩和充實。

我們開始五年的 audit 生活吧！

3 · 入職 training

入職第一天，同事們個個都衣冠楚楚，男生西裝打領帶，女生西裝配高跟鞋，為的是一張 staff card 相。那唪嚓一聲，就決定了你未來不知多少年的在職照片，這張照片會在公司的內聯網出現，所以拍一張亮麗照片有多重要呢？

如果你自覺自己是女神，更要拍好這張 staff card 相，因為更多色狼似的男 Senior，在你還未 on board 就已經做好今年的女神 list，Senior 或 Manager 會根據這個女神 list 去 book 人，有誰不希望自己個 team 有靚女 Associate 呢？當然，他們有能力在眾多 job 入面 book 到你，亦只有 wok job 可以做到。

公司攝影師的拍照技術，已經去到一個令人驚奇的地步，一個正正常常的人，可以影到「扁頭」或者「頭部過長」，甚至「面容扭曲」，所以要拍到一張漂亮的 staff card 相，你的坐姿，頭部的位置，一一都很重要。

畢業生剛入職會有一個月的全日 training，不外乎是教你如何用公司的軟件及做 audit procedures。當然這個 training 美其名為 training，其實不過是有人工收，但又不用工作，所以這個月是入職以來的天堂。

當我之後升上 Senior ，再問剛入職的同事，他們在 training 學了什麼，他們亦只能用閃縮的眼神迴避着我。我心想：「你什麼也沒有學到吧！」

一間大公司當然有許多流言蜚語，剛入職就發現身邊 batchmates 的背景不是講笑。有一位同事，他身高 185 以上，國家男子籃球隊，更重要他父母賣航空母艦給我們偉大的祖國，當然他自己亦有航空母艦。航空母艦喎！我知我見識淺薄，但以他這樣的背景，還返工幹什麼啊！

有不少的海龜流派，父母做生意，甚至是公司的 audit client，他們的財力是你不知多少倍以上，但財力這些東西聽下就好，畢竟同事有財力，是他們的事，與你無關，亦不要想著攀關係，畢竟不是你的圈子，即使你多努力，也不會有好結果。

有同事本身做銀行，但做了一年，覺得太悶，所以再報 Fresh Graduate Programme 做 Auditors 捱下驢仔。

當然還有三大的同事，視 audit 為水泡工。他們沒有銀行 MT offer，亦無 advisory/consulting offer，只能委屈自己在 audit 捱數年。比起同期畢業的朋友，有的是律師，有的是 MT，他們覺得 Auditors 入職的薪水比朋友們低太多了，只覺得非常羞愧。

還有，一個坐在我身邊的同事，每天 training 上堂剝橙食，到 training 結束後，我們突然找不到他，原來他被炒魷魚了。

Training 的最後一天，我們一起合照留念以記念大家同班的緣份，因為大家都好清楚明白，今日以後，可能大家不會再有交集，畢竟大家未必在同一個 dept，即使在同一個 dept，大家都各有各忙。

當然班相另一個作用就是統計一下還有多少人順利渡過 audit 殘酷的洗禮。我翻開當日的班相，朋友陸續離職，50 人中只有少數幾人留下，而 tablemates 全部都離開了，只有我一個人留下來……

有些同事剛完成 training 就離職，所以你首先要學會的就是離別。你必須學會接受有些朋友只會在你人生的一小段路上陪伴你，也許你們只會偶爾在社交媒體上聯繫一下，但即使你知道你們不會再見面，也要學會與對方好好道別。

4 · 不要對 audit 抱有太多幻想

Training 的結束，標誌著 audit 的生涯正式開始，我們每天不斷刷新 Retain/TalentLink（註：公司的 booking system，會顯示我們將要做的 engagement。），留意我們有否被 book 落 wok job。

公司有「十大 wok job 排行榜」，代表只要被 book 落這些 job，就要過著只有返工，但沒有放工的日子，但後來我發現 wok job 不是最惡劣，wok 人（註：對下屬態度惡劣，成日捽人又 A 字膞）比 wok job 更恐怖十倍。

還未做過 audit engagement，我們對未知世界充滿著太多的幻想，總喜歡在 TalentLink 前指手畫腳。

「Jason 被安排做 IPO engagement，雖然做 IPO 很辛苦，但如果成功上到市，對 CV 很有幫助！」

「Alan 被安排做 wok job，但他的 in charge 是一個漂亮的女生，如果可以跟著她就好了！」

我們對前途抱有太多的幻想，即使我們知道要做 wok job，也表現得極不願意，因為這意味着無窮無盡的加班，但心入面卻感到有點自豪，覺得只有優秀的同事才會做 wok job，以為是得到公司重用的開始，但這個幻想在你第一個 Peak 開始就破滅，你才明白自己的想法有多天真。

我已經很久沒有再聽過十大 wok job。曾經以為真的有十大 wok job 排行榜，但現實上沒有一個 audit engagement 是輕鬆的。即使不是 wok job， 也可能要面對 wok 人。經歷過才明白，遇到 wok 人比遇到 wok job 更糟糕。即使不幸被安排在 wok job 上，只要同事間

團結合作，沒有完成不了的 working（註：代表審計師的底稿，以記錄搜證過程和結果。），但遇到 wok 人卻令人無一刻不想逃離工作。

做了數年 audit，我沒有剛入 firm 的天真，亦沒有做 audit 的執著。我更明白什麼是 audit，所有的 audit procedures 都經不起試驗，所以我最好不要翻開 Associate 做過的 working。

人的熱情就在真相逐漸暴露後，一點一滴在流逝，站在現在時空的我再感受不了五年前的自己。

有些感覺，過去了就不能重來，愛的感覺如是，熱情也如是。

有時候我會回想起自己剛進公司時，那種既興奮又緊張的心情，每時每刻都迫不及待地查看 retain，期待自己將來的 booking，同時幻想着 auditors 的生活。

我們終於要真正踏入職場，但幻想總比現實中美好⋯⋯

5 · 第一隻 Job

在 2015 年 11 月，我第一隻 engagement 是一家製造帽子的上市公司，該公司在印度也有分公司，今次我們落 field 主要做 pre-final，以減輕一點 final audit 的 workload。

作為全 team 最底層的員工，我提前準備去年的 external file，以及各種的文具，包括薯餅，薯條，空 file，帶到 client office，再跟我 Senior In Charge ("SIC") 會合。我們略為整理一下衣服，就浩浩蕩蕩的走進客戶的辦公室，迎面而來的是一位中年男人，他滿面笑容的迎接我們。

客戶用眼角瞥了我一眼：「我們又見面啦！今次又有 fresh grad 加入。來吧！我幫你們準備好 audit room，我過一會兒會發給你 schedules。」

客戶將我們帶到一間細小的房間，剛好可以放下一張枱，我問了一個很幼稚的問題：「為何一間上市公司的裝修殘舊，office 又細？」後來我才明白，一間公司整天幾乎沒有股票成交，我到底渴望公司有多大多漂亮呢？

在那狹窄的空間，空氣好像凝結了，只有打字的聲音，她們的眼裡好像只有工作，我們第一天見面，不是應該要互相認識一下嗎？在寂靜的氛圍中，SIC 聚精會神地盯著電腦螢幕問我：「為何你選擇做 audit？」

我想也沒有想：「我知道這數年會好辛苦，但我需要學到更多的 technical skills，我想做 audit 是最快達到目標的方法。」

SIC 冷冰冰地說：「你知不知道這裡的 turnover rate 有多

高?有多辛苦?每天做到凌晨只為客戶的 annual report，但沒有人會欣賞你的付出。」

我困惑地問了一下：「你會做到 Manager 才離開嗎？」

SIC 望着我堅定地說：「我今年會走！世界很大，我不想再浪費時間。」

我第一天正式上班，卻聽到連 SIC 都想辭職的消息，還跟我們研究怎樣辭職才好，會否太可悲呢？

她只是比我年長兩年，卻給人一種看透世事的感覺。她覺得我太 fresh，不理解她在想什麼，但我亦沒有裝懂。我知道時間會讓我明白一切。

及後，SIC 命令我處理一大堆 testing（註：主要是檢查 supporting documents），目測至少有 100 個 testing samples，代表我至少要檢查 100 份文件，但我只有 4 天的 booking，我怎樣可以做得完呢？

我驚慌地問 SIC：「你 assign 給我的 testing，全部都要 4 日內完成嗎？」

SIC 淡然地說：「當然，不會有人幫你完成你未完成的 task。」

我說：「但我還有其他 working 要做，我沒有可能在 4 日內檢查所有的 vouchers。」

SIC 指一指出面的員工：「你 send 個 Excel 給他，他會幫你填上你所需要的資料。」

我困惑地問：「但我沒有看過 vouchers，我根本不能確定他

填的資料準確與否，就不正是放飛機的行為嗎？」

SIC 不耐煩地說：「他填完，你也可以抽 check，以確保無問題。」

我說：「所以我是在 sample 入面再抽 sample？」

SIC 嘆了一口氣地說：「你遲早會明白，每個放飛機的人都是走頭無路，你要在限時內完成所有的 workdone，但人手是有限的。如果你用過多的時間去處理這些簡單的工作，一些更重要的 task，你就沒有時間完成。你完成不了，就只有捱罵。別人不會理會你如何完成，他們只會在意你完成了嗎？你工作的質素如何？」

我質問她：「那所謂的專業呢？大學讀三年會計，用三年的時間考會計師牌，難道只為了所有為做而做的 working 嗎？」(註：Auditors 的工作，包括處理所有的 testing，解 fluctuation，review forecast 等等。)

SIC 若有所思的看著我：「先不要想這些有的沒有的。如果你想在這裡生存，最好聽話一點。我叫你做什麼，你就做什麼，這裡不容許下屬有反駁的機會，希望你明白這裡的遊戲規則。你一定覺得我好嚴格，但你之後會明白沒有人比我更誠實，教你生存的規則。不要再說了，工作吧！否則，我們連 pre-final 都要加班。（註：pre-final 本身就是分擔 final audit 的工作量，Auditors 可以先處理 9 至 10 個月的 financial，及 review client 的 Internal control。）

4 日的 booking，瞬間即逝，但我還是盡我的能力，即使加班也要檢查所有的 vouchers，以確保所有的資料也是準確無誤的。因為我還擁有自己的底線，審計師的專業不應該建立在一堆飛機之上。即使我們準時完成工作又如何呢？難道我們讀三年大學，用三年時間考會計師牌，只是為

了放滿一地飛機嗎？如果只是為了放飛機，誰也可以做審
計師！

然而，那位 SIC 確實如她所說，不久就辭職了。在公司的每
一個人，也在找自己的出路，不是要做到 Manager 就是成
功，亦不是趁早辭職就是失敗，畢竟她們的前途永遠也是
未知之數。

6 · 第一次去馬來西亞出 job

結束了 pre-final engagement，我被 book 落一隻馬來西亞的 engagement，我們簡稱它為榴槤公司。今次，我們要飛馬來西亞兩個星期做 pre-final。

第一次前往馬來西亞，那種興奮真的難以言喻！我整理好行李箱，前往機場。

馬來西亞，我來了！

做 Auditors 的好處是有很多機會去不同的地方出 job。大部份 Auditors 都會去中國大陸出 job，但如果你運氣好，確實有機會去美國、澳州、新加坡和越南等地方出 job。事實上，大部份要到外地出 business trip 的 engagement，都好 wok，但做 audit 又怎可能會輕鬆呢？既然如此，不如在外地出 job 好過，至少有外遊的機會！

我 (Associate Year 1)，健談哥 (Associate Year 2)，還有攝影哥 (Senior Year 1) 會先到馬來西亞，而拍抬哥 (Senior Year 3) 將會在下星期跟我們會合。

(註： 以下是 Associate 和 Senior 的職級：

Associate Year 1

Associate Year 2

Senior Year 1

Senior Year 2

Senior Year 3)

健談哥是一位善於閒聊的男生，總跟我訴說著他的光輝事蹟及他對 engagement 的貢獻，簡單來說就是 engagement 沒有他不行。攝影哥是 mid join（註：不是在公司由細做到大，而是在其他 audit firm 跳來的），比較沉實可靠。

我們四點下機，但花了近一個半小時才成功入境馬來西亞。之後，我們即刻飛奔到酒店。

這間酒店房間近 400 呎，一拉開窗簾就可以欣賞到整個吉隆坡的美景，實在是太漂亮了！窗前還有一個寬敞的沙發，旁邊有一個書桌，這個位置將成為我平常加班的地方。

晚上，我們急忙前往阿羅街的黃亞華小食店享用晚餐。我們絕對不能錯過他們的招牌燒雞翼，使用秘製醬料，以人手炭火燒烤而成。當然還有馬來串燒、招牌福建麵和燒魔鬼魚。更重要的是那杯青檸話梅汁，在 35 度的高溫下，喝下去時帶來一股透心涼的感覺，只能用一個字來形容 ──「正」。

用餐後，我們在阿羅街漫步。阿羅街是吉隆坡著名的夜市，街道上擠滿了觀光客，兩旁擺滿小吃攤和熱炒店，還有不少榴槤攤檔。

除了我之外，全 team 人都很喜歡吃榴槤。健談哥叫榴槤攤主開了一顆榴槤，供我們三個人享用。然而，我很討厭榴槤的口感，但作為全 team 最底層的同事，我被迫嘗一口。那種味道簡直令我噁心想吐。

第一天我們在馬來西亞，基本上以旅遊為主，馬來西亞的語言以英文為主，但本人的英文水平比較普通，所以發生了不少令人發笑的小插曲。

有次我好奇地問攝影哥:「馬來西亞這個地方很危險嗎?會否有 tourist attack?」

攝影哥望了一下我,忍不住捧腹大笑:「你是認真嗎?你分不到 tourist attack 或是 terrorist attack ?」

我尷尬到滿面通紅⋯⋯

由於本人的英文水平太差,長期被 teammates 嘲笑,所以我還是乖乖地講中文好過。

7 · 你發覺自己才是最可靠的人

由 Senior 領頭，我們踏進榴槤公司的 office，我們簡單地向客戶問好，便開始了一天的工作。

榴槤公司主要提供飛機維修的服務，它在全球各地都有分公司，而我們則負責 audit 它在馬來西亞業務，再 report 給我們的 Group reporting team。

這兩星期的 field work，只是處理 pre-final 的 workdone，例如，TOC（test of control），以及處理一部份 TOD (test of detail) 和執 walkthrough，以減輕 final audit 的工作。

經過上一個 engagement 的訓練，我更了解公司的 testing approach 及抽 samples 技巧，所以對我來說，做 testing 已經沒有太大的難度。然而，我今次面對最大的問題，竟然是執 walkthrough。正常只要你將上年的 walkthrough file 交給 Client，Client 會自動自覺幫你整理今年最新的 walkthrough 文件，所以執 walkthrough 應該沒有什麼難度才是，但今次的問題在哪呢？

語言不通……

馬來西亞有 70% 是馬來西亞人，也有不少印度人和華人，所以英文是他們的主要的語言，但我的英文能力很有限，根本不能向 Client 解釋清楚我想要的文件。更糟糕的是，她們對 walkthrough 是完全沒有概念的，我單單向她們解釋這個名稱，就足足花費了我一小時的時間。

大部份的時間，由於她們的會計知識太薄弱，她們無法了解我需要什麼文件。更甚者，她們在氣急之下，會夾雜馬來

西亞文來跟我溝通。可是，我看起來像馬來西亞人，或是我會懂馬來西亞語呢？

真的⋯⋯救命呀！作為一位剛入職的新人，我對執 walkthrough 程序和需要的文件所知有限，有時我也跟她們一樣，不懂為何要這樣做，不知為何有這些程序，所以只能跟上年 working paper。上年有做這個程序，今年就照樣做吧！可是，如果連我自己也一知半解的時候，我又怎能跟她們解釋清楚呢？

「Client 完全不懂我說什麼，我怎樣解釋也沒用，我應該怎樣辦？」我不好意思地問攝影哥。

攝影哥漠然地說：「她不懂，那你就跟她們說清楚！很簡單吧！」嗯，真的很簡單，因為不是你跟 Client 直接解釋。當然我也不好意思說，我們溝通障礙有部份是源於我的英文能力。

這裡沒有人有義務幫你解決問題，所以我只好硬着頭皮出去跟 Client 再解釋一次。我明白 Client 見到我也覺得討厭，但沒辦法吧！我是在工作，我不是要讓你喜歡我的！

我有一件份重要文件，需要一位中年的印度女士提供，我只是問了她一個簡單的問題，但她卻用英文夾雜印度語回答我，我根本無法理解她在說什麼。最後，我決定放棄她，轉而向另一位 Client 查問。

因此，這堆 walkthrough 文件經過不同的部門，經過不同種族（馬來西亞人，印度人和華人），經過不斷的溝通，終於完成了。

在我入職的第二年，已經開始要帶 job，但那種硬著頭皮幹下去的感覺，卻從來沒有半點消失過。每次你想請求別

人的幫忙，最後你只會發覺自己才是最可靠的人。

要完成工作，最後還是只能靠你自己⋯⋯

8 · 應該要放棄一切去追夢嗎？

「我暫時離開一下，去買些東西。」攝影哥跟我說。

「平時我們都一起行動，還是我們跟你一齊出去買東西？」我好奇地問。

「我要去買一部四萬蚊的專業相機，你們跟着我好像不太合適。」攝影哥面有難色地說。

「我看不出來，你有玩攝影？」我好奇地問。

「我也不是什麼專業攝影師，只是我有個攝影 IG，我會分享我的攝影作品。」攝影哥尷尬地說。

「Wow，你個 IG 有兩千個 followers，很不錯喎！其實你可以做 full time KOL，但你怎樣可以同時做 audit 又 manage 一個攝影 IG？」我一邊瀏覽着他 IG，一邊問他。

「要 manage 一個 IG 不是一件容易的事，而且要全職做自己的興趣，這個犧牲也太大了吧！」攝影哥搖搖頭。

「但你沒有試過，怎知沒有可能呢？」我不解地問。

「追夢並不是要你放棄一切⋯⋯ 你工作多數年，就會明白了。」攝影哥淺淺一笑。

以前我總覺能夠放棄一切去追夢，是一件浪漫的事情。人生有多少個十年呢？能夠做到自己喜歡做的事，才是最重要。即使需要放棄一切，也是值得的。

隨著人的成長，漸漸開始明白，追尋夢想並不一定需要放

棄一切。放棄一切去追夢，只是不切實際的行為。我們的存在不僅關乎自己，還牽涉到家人和伴侶。看著父母漸漸老去卻不顧一切地去追夢，其實是極不負責任的行為。而且，生活在香港這個全球生活指數和壓力都很高的城市，只要稍不留神，就會被他人超越。

你追夢的決心並不意味著你要辭去正職，全職去實現夢想，只賺取微薄的薪水，卻自豪即使追夢亦有能力存活下來。你追夢的決心是你如何在隙縫中擠出一點點的時間去實現自己。

如果你真心想做一件事，那就利用你每天剩下的時間去完成吧！人生不是有 24 小時嗎？你有 8 個小時工作，6 小時睡覺，2 小時吃飯，2 小時通勤，不是還剩下 6 小時嗎？但你卻選擇在 hea 中渡過，難道這就是你追夢的決心嗎？

當時我太稚嫩了，不明白要經營一個 IG，原來一點也不容易。原來為了自己想達成的事，即使已經加班到凌晨兩點，但還願意加班多一個小時去撰寫文章，那一個小時正正是在隙縫中擠出來的，即使睡眠時間越來越少，但那個時刻我只覺得無所謂吧！

有時，我看到攝影哥發佈他黑白色的攝影相，我就知道，他沒有忘記自己的夢想……

9 · 為何大家都想轉 FS audit ?

過了一個星期馬來西亞的 field work，我們終於迎來了我們公司的傳奇人物—拍抬王（SIC）。他是一位身高 180 cm 的高個子，體格壯碩。他的傳奇在哪呢？

他的傳奇在於幾個方面：第一，他從不放飛機；第二，他喜歡拍桌子罵人（即使隔著幾張豬肉枱，也能聽到他拍桌子罵人的聲音）；第三，他的要求非常嚴格（無論你多麼努力，都無法滿足他的要求）。當他告訴我，他 re 了一個零 variance 的 depreciation reasonableness test，我就覺得太神奇了！客戶可能有成千上萬個固定資產項目，reasonableness test 的結果怎可能沒有任何 variance 呢？事實上，只要 variance 不超過 threshold，代表並不重要，亦不用做任何帳目的調整。

****

「我平時花太多時間做 vouching。大佬，你平時一日 vouch 幾多張單？」我無知地問。

「Vouching 也太簡單了吧！我一日 vouch 一千張單，重點是我很認真去 vouch 和思考！」拍抬王不屑的看了我一眼。

我尷尬笑了一下，就沒有再追問下去了。如果我要一日 vouch 一千張單，就要不停工作 15 小時，每個小時 vouch 67 張單，代表一分鐘最少要 vouch 一張單。我想我應該無法做到，但我相信他沒有放飛機，畢竟他的傳奇之處就在於他從不放飛機。至於他如何做到，我就不得而知啦。

****

「阿妹，比起 FS audit (註：FS 代表 Financial Service。Audit 可以簡單分為 FS audit 和 Non-FS audit。)，Non-FS audit 學到最多的 technical skills。做 FS audit 好難學到 technical skills，只不過是 tie 數 (註：檢查不同 working 之間的數字是否相符) 和 review internal control。FS Senior 連固定資產的 working 也做不好，所以即使 Non-FS audit 比較 wok，一切都是值得的。」拍抬王主動的解釋做 Non-FS audit 的好處。

「為什麼大家都想由 Non-FS audit 轉到 FS audit？」我好奇地問。

「因為他們為了 client 的名氣，大部份的 Client 也是全球知名的銀行和保險公司，但他們將來會後悔的！」拍抬王搖搖頭說。

「為什麼？ Client 的名氣對我們將來找工作也有幫助。」我問。

「你到底懂不懂，你這幾年的 audit 生涯，應該要學更加多的 technical skills，而不應該只是 copy and paste。」抬王白了我一眼，之後，我們的對話就到此為止。

到現在，如果你問我「應該要選 FS audit，還是 Non-FS audit 呢？」

Non-FS Auditors 確實有許多去 business trip 的機會，這意味著你有機會走遍中國大江南北。同時，你也有機會參與各種 special projects，例如 IPO 和 M&A 等項目。

通常積累了四至五年工作經驗後,月薪大約介於 HK$45,000 至 HK$50,000 之間。然而,如果你想轉到一個 Finance Manager 的職位,通常中小型上市公司的薪資範圍會在 HK$38,000 至 HK$43,000 左右。

由於你剛由 audit firm 出來,想要獲得大公司的 Finance Manager 的 offer 並不容易,因為 commercial 經驗也非常重要。即使你具備相應的能力,也需要別人對你有信心。即使你幸運地取得 offer,也可能要減薪大約 HK$5,000。

相對於 Non-FS Auditors,FS Auditors 沒有太多 business trip 的機會,工作更單調,因為審計工作中最精彩的部分就是出 business trip 和與同事相處的時光。再者,雖然做 FS audit 都要永無止境地加班,但加班費通常比 Non-FS audit 更高,有些大型項目甚至可以 charge 實際加班時數。

一般情況下,累積了四至五年的 FS audit 經驗後,如果你想轉換到銀行和保險業的 Finance Manager 職位,通常可以獲得目前薪資相當或稍微高於目前薪資的工資增幅,通常在 5% 至 20% 之間。

我想在薪資和出路方面,應該是 FS audit 比較好,但在學習 accounting technical skills 和團隊的凝聚力方面,則是 Non-FS audit 比較優勝。

10・留下來的人，每一刻卻想逃離

經過剛入職的蜜月期，迎來了我的第一個 Peak Season。我沒有了 pre-final 的輕鬆，只有無限追趕 deadline 的無可奈何，同時沒有放七點鐘的愉快時光，只有無窮無盡的加班。我真的很難想像，即使我做同一隻 job，但感覺卻截而不同。

我兩個星期要處理 6 間公司的所有 testing，還有 pre-final 沒有完成的工作。我輕輕嘆了一口氣，難道人生就是為工作而活着嗎？

小妹以為經歷過 pre-final，再處理 vouching work，應該輕鬆得很，但原來大部份的工作也不能在 pre-final 時處理掉，只能在時間緊湊的 Peak Season 處理。到最後，即使你懂如何做每一個 testing，但你只有一對手，又如何處理得了所有的 testing 呢？

如果完成不了所有 testing，應該怎麼辦呢？加班囉！公司的薪水包括你星期一至星期日，每日 24 小時無限加班。

你是否也跟我一樣，再也找不到完成不了的藉口呢？

每天我們早上九點半到 client office，做到晚上七點，晚餐後再在酒店房加班到凌晨兩至三點！可能你還在抱怨無止境的加班生活，但當你的同事必須和上司一同在酒店房裡加班，而你可以獨自在房間裡加班時，你就會明白什麼是幸福的了。至少你還有獨處的時間……

****

Peak Season 時，大家每天也處於緊張的狀態，當然包括拍抬王，他每天都問我一次進度，他想要知道我在做什麼，又有什麼未完成。

「阿妹，還有多少未完成？」拍抬王問。

「我們只是落 field 兩日，我才完成了數個 testing……」我說。

「所以完成了百分之幾？」拍抬王問。

「大約……大約……3% 左右……」我說。

「你做得太慢了，我再強調一次，所有的 working 都必需在 off field 前完成！」拍抬王說。

這樣的對話每天都會發生，有時候拍抬王會暗示如果我再不努力，就會受到他責罵：「上次某個 Associate off field 前還有許多 working 未完成，我狠狠的罵了他一頓。」

「Noted with thanks……」當然我沒有勇氣這樣回覆他，我只能點點頭：「我明白了，我會更加努力。」

可是有些東西並不是你盡力就能夠做好。當然站在公司的角度，沒有事是不可能的。即使 client 減 audit fee，engagement team 縮減人手，你還不是能一一做好嗎？如果你無法按時完成，或者工作上有任何錯誤，只是你能力不逮而已。每天都有數之不盡的畢業生想進來，多你一個不多，少你一個也不少，如果你沒法在這裡生存，是你能力的問題，公司會祝你前程錦繡。

由於公司未能反思自己的根本問題，因此員工的 turnover rate 非常高。以今年為例，一個由 50 人組成的小團隊中，有 30 人選擇離職，剩下的 20 人不得不更努力更辛苦工作，承擔原本需要 50 人完成的工作量，令原本留下來的人更想離開。

這就是 Peak Season！沒有做不完的 working，只有你夠不夠努力，夠不夠 smart！

留下來的人，每一刻都想逃離……

當你嘗試將自己的處境告訴身邊的朋友，只會得到他們這樣回應：「你的薪水已經包括你不合理的工作量和無窮無盡的加班，如果你不喜歡，就辭職吧！」

也對，我的薪水包括了所有的冷嘲熱諷，包括了不合理的工時和不合理的工作量，當然更包括不管我死活的管理層，所以我再沒有什麼好說了……

這就是 Peak Season！死不了，就要好好活著……

11 · 第一隻 IPO

在榴槤公司的 engagement 後，我立即被 book 落另一隻台灣 IPO。這次台灣 audit team 負責處理六成的工作，並會向香港 audit team 提交 reporting package。香港 audit team 的主要工作是 review reporting package，並且處理 IPO 的後續工作，工作量不算太多，所以只有我和勁人哥 (Senior Year 3) on booking。

第一天我見勁人哥，就是在機場。因為我們兩個人要飛往台灣新竹做 audit。

因為我做 audit 的關係，常常都要跟異性單獨在外地出 job，行外人可能會有疑問：「到底一男一女出 job，會否容易出軌，或者發生關係？」

你不能理解 Auditors 的工作辛苦及日夜顛倒的工作模式，根本沒有太多時間去處理情感上的需要，特別他們是認真工作的人。

****

二月的新竹，天氣非常寒冷，只有八度。我穿著連身裙搭配外套，連絲襪也沒有穿，但我發現……

OMG！client office 竟然沒有暖氣！

Client 見我衣衫單薄，主動問我：「你穿得太少了，你不怕冷嗎？」

我心想：「我怎樣猜到你公司有錢上市，但竟然連一部暖氣都懶得裝！」

我只好輕輕一笑:「對呀,香港人都不怕冷的!」但我雙腳已經不期然地發抖。

台灣的語言以普通話為主,但小妹的普通話一向都普通得很。有時我要求 Client 提供 A 資料,但她卻經常給我 B 資料,但我又不好意思跟 SIC 說,幸好我們去新竹也只是補做一些 testing,以及寄 confirmation,所以用 email 跟 Client 溝通就可以。

晚上,我和勁人哥一齊食飯,整個氣氛既尷尬又不知所措。男女之間本來就沒有什麼好聊的,加上他快將升 Manager,我們的工作經驗又相差太遠,即使他跟我說工作上的事,亦不見得我會了解,所以我只好⋯⋯

「你今年會升 Manager ?」我問勁人哥。

「如無意外吧!你呢?想做到那個 grade 才走?」勁人哥淡然地問。

「我還未想好呀!」我尷尬地答。

「我猜你想做到 Manager 吧! 我見你做事的態度就略估到一二。」勁人哥說。

「我還差四年多才升 Manager,四年的變化太大了,而且不是我想升 Manager,就能升到吧!」我無奈地笑了。

「對呀,有時好講天時地利人和,但如果你想升 Manager,你就應該要主動去泊個好碼頭。只要有老闆或 Manager 在 performance meeting 幫你美言數句,你升職就容易了許多。」勁人哥點一點頭。

「也許吧！我還是太 fresh 了！」我說。

之後，我們沒有再聊什麼，而勁人哥對我也不錯，將我安插在他不同的 job 上面，但他的 job 都太 wok 了。

有次我路過他其中一隻 job，他對一個女生特別好，還很溫柔地教她做 reasonableness test，當時我也覺得有點奇怪。及後，我才發覺她是勁人哥的女朋友。

這就是典型 Senior 和 Associate 拍拖，再將女友安排在自己不同的 job 入面，加以保護。這是 Auditors 的戀愛模式，亦是我一向所說 Senior 用自己的權力獲得女生的好感，而 Associate 用自己的美貌去換取特別的照顧。

我沒有否定這種關係沒有愛情的存在，但這種做法真的好嗎？一個 team 入面，SIC 是大佬，他的女友變成二佬，明顯對整個 team 也不公平。

而且，女友在男友的保護下，只能有限度的成長，對女友的個人成長亦不見得是好事。成長是痛苦的，亦需要承受不少的壓力，但人總是要長大，早日成熟比一直拖延成熟要好。

當然有不少女生選擇這種成長方法，到最後，還是看你想要怎樣的愛情罷了。

12．第二隻 IPO

那時我還是勁人哥的愛將，所以被他安插在另一隻建造業 IPO，也是 first year audit。一隻 main board 的 IPO 到底有多少人做呢？只有三個人，我（Associate Year 1），睡眠哥（Associate Year 2）及勁人哥（Senior Year 3）。

曾經我對 IPO 有無限的幻想，即使工作好辛苦，但我相信是值得的，但做完這隻 IPO 之後，我簡直做到懷疑人生，人生第一次想辭職。

IPO 的 client office 位於葵興的工業大廈，整座大廈都殘舊不堪。春天時，每當我們凌晨三點下班，大廈走廊的牆身剝落且顯得灰黑，還要嚴重漏水，讓整個氛圍像鬼屋一樣。那部老式電梯更是在凌晨時分讓我們嚇了一跳，每到某個樓層時會發出奇怪的噪音。每次，我們都在心裡祈禱不要被困在電梯裡，我們可不想天亮才回家。

IPO 要上 Main board，就要做三年的 audit（audit 四年的 profit or loss 和 audit 三年的 balance sheet）。作為整 team 最 junior 的同事，我負責所有 vouching 的工作。這隻 IPO 的 materiality level 很低，代表需要做更多的 vouching 工作。Revenue 基本上是 full vouch，而其他的 cost of sale testing，動輒也有數千隻 samples。更惡劣的是，因為 IPO 的 financial statement 長期未定數，所以 materiality level 不停地轉，我的 testing sample 就跟着 materiality level 不停地上下浮動，所以每一次轉 materiality level，對我的 vouching work 都有災難性的影響。

****

Client 在附近租了一個單位用來存放雜物和其他無關痛癢的東西（當然包括 Auditors 最重視的 vouchers），而我的主要任務就是潛入這個單位，去檢查 vouchers 是否真確無誤。

當我打開門進入那個單位時，整個單位都是凌亂不堪。雜物堆積如山，而且每個角落，擺放著各種中小型的機器，我不得不在這些機器之間穿梭，才找到我的目標—vouchers，而且在一箱箱堆放得比人還高的 vouchers 旁邊，還有不少的蜘蛛網。

為了完成工作，我陸續將一箱箱的文件搬下來以檢查vouchers。在每箱子打開後，我發現所有的文件都被灰塵覆蓋。隨著我搬運了數十箱，我感到精疲力盡，只能坐在椅子上休息片刻。看着那一箱又箱的紙箱，其實每一箱我只需要一份文件而已，我為何要像搬運工人一樣，做一連串的勞動工作呢？

「唉，搵錢真的不容易。」我輕輕嘆了一口氣。

到凌晨的時份，我獨自一人處於一個漆黑的房間中，只有我工作枱上微弱的光線。當我翻閱某份合約時，突然感到一陣痛楚，我發出了一聲尖叫，同時一條血紅色的傷口劃破了當時的寂靜。我嘆了口氣，原來我割傷了手指。

我望着血紅色的傷口呆呆出神。Audit 的回憶像走馬燈，一一在我腦海裡略過。雖然只做了auditor 半年，但卻經歷了許多的第一次，第一次以 Auditor 的身份步入 client office，第一次出 business trip 和第一次做 IPO 等等，工作辛苦，每天都加班到凌晨，在睡眠嚴重不足的情況下，只

能依靠咖啡來提神，還要面對那些要求特別高的 Senior 們，我感覺身心快被掏空了。

由一條血紅色的傷口劃破了寂靜開始，我突然反思，這到底是否我想過的生活呢？每天不斷忙於工作，卻看不到盡頭。

我嘆了口氣，看到時鐘顯示為一點半，我收拾了電腦，走到勁人哥的面前：「今天我可否早一點下班？」他允許我早點下班。

我知道我有太多負面情緒，我需要給自己一些喘息的空間和讓思緒沉澱的時間，重新思考到底那種生活適合我……

13 · 做 IPO，做到懷疑人生

我從來無想過有一隻 job 可以 wok 到如此恐怖，Client 提供的 schedules 全部都錯漏百出，schedule 與 schedule 之間的數字是永遠對不上的，我每天就在糾結到底那個 schedule 才是正確呢？

另外，為了確保 cut off 的正確性，我們先進行 cut off testing（註：截止測試，以確保 Client 的 revenue 是記錄在正確的會計年度）。我負責查閱每一份的合同及每張單上的 retention 和 VO billing（註：代表臨時有附加事項或突發工作的收費）以確保沒有任何 cut off 的問題。如果我在 vouching 的過程中發現任何收入記錄在不正確的會計年度，我會先知會勁人哥，勁人哥會為收入作出調整。

小妹稱呼他為勁人哥，因為他每年也是 Top pay。除了 technical skills 好得很外，更懂得迎合老闆，而且他是一位對審計質素有堅持和執著的 Senior，同樣他對 team 也有嚴格管理，每日我們都要填今天及未來一個月的 Milestone，將我們今天的工作，明天的工作計劃，一一記錄下來，讓他可以更容易管理我們。

而且，他對 working 的格式都有嚴格的要求，例如 working 的字體，一定要是 Arial 8， Excel 的縮放比例要調整為 100%，我們每一次關 Excel 時都要將指標放在 A1 cell 先可以儲存。

我其中一個 task 就是要 quantify inter-company elimination。雖然 Client 都有做到 inter-company elimination，但是 elimination 的金額做得不正確，而且有部份的 transaction/balance，漏做了 elimination，所以我的責任就是審閱 client 的 consolidation working，

如果 client 有遺漏任何 inter-company adjustment，我會對此作出調整。

那夜我為了 quantify adjustment，工作到凌晨四點。勁人哥見到我雙眼從來沒有離開過電腦螢幕，他說：「今天夜了，不如明天再做吧！」

離開公司後，我再在家中做到早上七點，看著黑夜被白天吞食，已經眼泛淚光，雙眼通紅，因為這個工作我處理不了啊！那一刻覺得心好累。

現在我做過許多不同類型的 job，就算要做到凌晨三點，我也很少用 wok 字去形容，最多用辛苦去形容。

一隻 job 最辛苦除了 wok 人外，就是你做着一張你完完全全不懂的 working，而且你知道無人可以幫到你，但那時你的能力確實是做不了，即使你完成後，勁人哥 review 完後，又會有數不盡的 comment。

那時是我第一次想辭職，不是因為工時長（返十點放凌晨三至四點，或者早上六點下班，只洗個澡就得回去上班，好像在這行業還算蠻正常。），不是因為 client office 的環境有多惡劣，不是因為受到了他人的壓迫，只是覺得這種沒完沒了的生活，很無助。我真的很努力，只想簡單做好一件事，但到頭來，原來一切都沒有那麼簡單……

14 · 如果你不願意 release 我，我就辭職吧

「你 release 我吧！我不能再做下去，還是我自己辭職好了？」我單獨跟勁人哥說。

「我可以 release 你，那你現在開心嗎？但我無能力 release 我自己。」勁人哥嘆了一口氣。

睡眠哥在得知這個消息後，有一次他單獨跟我吃飯。

等我 recap 一次，睡眠哥是 Associate Year 2， 為何稱呼他為睡眠哥呢？因為他常常做著工作就不其然睡着了。每當我注意到他停止打字的時候，我就知道是時候應該叫醒他了。

「你明白在這裡生存，最重要是泊個好碼頭嗎？你懂勁人哥跟他的朋友和老闆，就符合好碼頭的條件。他們可以幫你取得一個好的 performance rating，甚至提拔你升 Manager。」睡眠哥耐心的跟我說。

「這一切我都知道……」我想了想說。

「有許多 job 好 wok，但 wok 完沒有回報，有些 job 好 wok，但 wok 完有回報，你看得出兩者的分別嗎？當然最重要是你追求什麼！」他說。

「我不想再做這隻 job，不想做人球，亦不想做消防員，只要我一直跟着勁人哥，他就會將我安插在他不同的 job 幫手，每一次我 wok 完，又被他調到其他 job 救火。我知道只要我跟他，就會有相對應的回報，但我不想再這樣的了。」我說。

「這裡的競爭很激烈，要上位就一定要付出相對的代價，你知道自己想怎樣就好了。」他聳一聳肩。

不要以為睡眠哥說這番話，只為了讓我留下，他只是提點我在這裡的生存之道而已。後來如他所願，他一直跟着勁人哥及他的老闆和朋友，一步一步升上 Manager。對他來說，他選了一個好碼頭，亦選擇了一條正確的道路。

回想起來，做 audit，wok 是一定的，最重要還是 wok 得有沒有價值，有沒有回報。如果 wok 完有回報，至少心理平衡一點，至少覺得值得。到頭來，所有你自以為是的原則，都不及泊一個好碼頭為之重要。

曾經我們有過愉快 audit，我們會在 audit room 搞「唧唧比賽」，因為我跟勁人哥工作時長期會發出唧唧聲，所以我們每日比賽誰才是「唧唧王」。我們會在 audit room 的白板，寫上每日的賽果。

Auditors 的工作壓力過大，只有做無聊事，才可以減輕一點壓力。

有次勁人哥當着全 team 問我：「Y……E……S，三個英文字加在一起，怎樣讀？」

「Yes 呀！」我在一堆 voucher 中抬起了頭，但我完全不想理會他。

「如果 Yes 前面加個 E 字呢？」勁人哥再問。

「E…… Yes！」我目無表情，完全是一副厭世樣，只希望他不要再煩着我做 vouching。

之後全 team 笑到停不下來，我被取笑了一整天。因為答案應該是 Eyes，而不是 E……Yes，明顯我又被捉弄了。

最後，我還是選擇被 release。經歷過許多之後再回想，可能我那時的選擇並不正確，但如果我當初選擇了那條道路，就不可能再遇到後來那些有趣的同事。

每一條看似正確的道路，其實都沒有一定的標準，只有自己真真正正的走過一遍，才能明瞭其中的奧妙。

15 · 鋼鐵肉餅

經過 IPO 的洗禮，小妹被安排在一間房地產上市公司做 Interim review，這間上市公司是我們的新客戶，而且對我五年的 audit 生涯，有一定的影響力，所以我們簡稱它為鋼鐵肉餅。

鋼鐵肉餅的 audit 項目是由香港及廣州的 audit team 共同合作，香港 team 只是 component auditor，正常香港 team 的工作量應該是比較輕鬆的，可惜事與願違。

由於現時只有我 on booking，所以了解 Client 業務的責任就落在我身上。原定星期三早上，我跟好人哥（Manager）一同飛往北京跟 Client 了解業務和跑銀行詢證函。可是在星期二，香港突然被颱風吹襲，更懸掛上了八號風球，直到當日下午四點才解除警報。航空公司告知我們，從香港飛往北京的機位只有一個，這意味着如果要前往北京，只能從深圳機場出發。

好人哥有些不好意思地問我：「很抱歉，如果你現在搭乘巴士前往深圳住一晚，然後明早搭乘七點的飛機從深圳飛往北京，可以嗎？」

難道我有說不的權利嗎？

我只好硬着頭皮地回答：「沒問題，我現在可以回家收拾行李，然後訂機票和酒店。」

我立即回家收拾行李，然後搭乘直通車前往深圳。我在深圳機場附近的酒店休息一晚，並在早上六點前往深圳機場辦理登機手續。

我坐在候機室裡，手中握着一杯冰凍的咖啡，注視着天空從一片漆黑漸漸泛白，晨曦透過玻璃照進候機室內。

大學的時候，第一次出國是當 Intern 時去台灣出 job，第一次搭飛機，坐在 Senior 身旁的我還裝作鎮定，但我內心已經翻騰不而。

在這一年的 audit 生涯中，我有工作到無助的時候，有選擇錯誤的時候，有堅守着無謂原則的時候，但我學會妥協，亦習慣了那種頻繁出 business trip 的日常。

這一年，我好像成長了不少。

機場的廣播聲將我從繁複的思緒中拉回現實，於是我踏上了從深圳飛往北京的飛機，並在北京機場跟好人哥會合。

隨後，Client 將我們接到離北京約一個多小時車程的香河縣。我們先去參觀 Client 的房地產項目，並且跑銀行詢證函，然後兩天後才前往 Client 的總部。

香河這個地方真的跟廢墟沒有兩樣，它是一個三線城市，街道破舊不堪，小販大聲叫賣，餐廳簡陋不起眼，商業大廈及廣場都欠奉。

最終，車子停在一個三層高的房地產銷售中心前，而對面正是一個鋼材市場。當時我覺得很奇怪，到底有誰會選擇在鋼材市場旁邊買房子呢？

這次我主要負責跑銀行詢證函。小妹的普通話水平非常有限，我聽北京腔本身已經很有難度，而且客戶也聽不懂我的講話。唉，語言不通真的太麻煩。

比起其他工作，跑銀行詢證函是相對輕鬆的工作，通常由 Intern 或 Associate Year 1 負責。只需確保攜帶所需文件（Senior chop、推薦信、公司章、法人章和財務章），這樣就已經完成了七成的工作。之後，Client 會載你去不同的銀行辦理銀行詢證函。大部分的時間是 Client 與銀行進行溝通，所以 Auditors 只需要觀察整個流程即可，以確保客戶沒有機會進行不當行為，所以實際上，這個流程無聊得很。

在如此炎熱的天氣下，我坐在 Client 的車上，但車內沒有冷氣，又熱又悶。加上還要面對交通擠塞，本應半小時的車程，竟然塞了一個多小時。我坐在座位上，不久便昏昏欲睡。

當然，還有一段小插曲，Client 拿錯了印章，導致銀行不允許進行確認。因此我們不得不返回公司取正確的印章，所以又比原定時間花多了一倍。

在我們離開香河的最後一晚，Client 帶我們品嚐了香河特產。你能猜到是什麼嗎？

唉！是肉餅啊！

當晚，我們品嚐了各種不同種類的肉餅，包括牛肉、豬肉，甚至還有鹿肉餅。Client 非常熱情地夾了一大塊鹿肉餅給我。我深深吸了一口氣，我不想吃鹿鹿呀！可是，明顯我沒有拒絕的權利，只好硬著頭皮咬下那塊鹿肉餅。

在香河度過了兩天後，明天早上我們搭車前往 Client 在北京的總公司。

總公司位於一座商業大樓中，這次的工作就是陪著 Manager 開會，跟做筆記。我知道我存在的價值就是要在 Manager 身旁充當一個書僮，一位乖巧的書僮。

在會議中，他們的普通話帶著北京口音，即使我多努力做筆記，但筆記的內容還是七零八落。好吧，筆記這些東西，還是憑感覺的好了。

這個過程稱為 understanding。Auditors 每年都要跟 Client 進行會議，以了解他們的業務流程是否有變動，或了解新業務。如果流程有變化或有新的業務，就可能需要調整一下 audit procedures。

沉悶的會議結束後，我們當天搭飛機返回香港。

16・你的前途總是未知之數

鋼鐵肉餅的 office 位於 IFC 的高層樓，從窗戶往外看，可以欣賞整個香港的美景。我和泰國打坐哥 (Senior Year 2) 和剿女王 (Associate Year 2) 在 audit room 邊聊天邊工作。我的工作不外乎是做 reasonableness test 和解釋小部份的 fluctuation，對我來說並不吃力。這隻 job 的難度在於 first year audit，因為沒有上年的 working 可以參考，但整體來說，這次的 Interim 過得蠻輕鬆，有趣的卻是我的同事們，讓我來介紹一下他們吧！

泰國打坐哥是一位表面嚴肅，卻擁有一個好有趣的靈魂。他的工作能力好，又 sociable，深得老闆的喜愛。為何稱他為泰國打坐哥呢？因為他說做完這隻 job，就會獨自去泰國打坐禪修，我們常常取笑他沒有女朋友，千萬不要打坐不成，反而沉迷泰國妹！

他是一個很努力的人，他跟我們說，數個月後就會轉去 FS dept。

「你還差一年就要升 Manager，你不怕去了 FS 後，你沒有其他老闆 support，會阻礙你升上 Manager 嗎？」我問他。

「我現在轉 field 已經太遲了，不能再等。只要我更努力，我總會升到 Manager。」他搖搖頭地說。

及後，他在 FS 的 department，幾乎沒有休息的時間，每天工作到凌晨四至五點，而他亦順利用一年的時間升上 FS Manager。之後，他找到了一份在香港交易所的工作。

然而，我的另一位同事，剿女王曾經有一位台灣女友，但當他在外地工作三個星期，女友卻與別人跑了。他回港後不久，

就慘被分手了。及後，他積極活躍於各種交友 app，終於找到了一位外表看起來不錯的女友。然而，不幸的是，這位女友的母親對他要求太高了。

當時剽女王的月薪大約在三萬多元左右，他在不久後會加薪到四萬元。可是，他女友的母親對他只有三至四萬月薪感到非常不滿意，因為她希望剽女王在婚後能供養她們全家，所以剽女王的薪水最少要有七萬元才能滿足她們的需求。而且，如果超過晚上十一點，剽女王沒有送女友回家，或他在特別節日，拒絕贈送貴重禮物給女友及其家人，就會收到女友母親的痛罵。

那時，剽女王對女友的容忍已經到達臨界點。畢竟女友本身的條件並不是很優秀，月薪也只有一萬多元，但卻對他緒多挑剔，所以剽女王再無法容忍她，跟她分手了。

後來在機緣巧合之下，剽女王被公司調派到上海工作，但他卻深深愛上了上海，所以決定辭去原來的工作，在上海找一份工作。現在，他閒時的興趣還是泡妞，他看中了公司一個臀部很大的女生，他跟我說：「她就是我的真命天女了。」

我真的忍不住笑了出來！

「我很難想像你會滿足於現在的生活？」我好奇地問他。

「我都差不多三十歲了，人大了，不想再過以前日夜顛倒，不停加班，又不知道為了追求什麼的生活。我只希望過自己想要的人生，可以做到自己想做的事，可能我現在薪金不高，但我很滿足我所擁有的。人不能永遠只是向錢看。」他語重心長的跟我說。

我瀏覽了他的 IG，看到他去了不同的中國城市旅遊，我就知道他終於找到了自己想過的生活。

在公司的每一個人，也在尋找一種自己想過的生活。沒有一種生活比另一種生活更加優勝，亦沒有所謂正確的道路。只要你過得開心，這才是最適合你的生活。

有時我在想，如果他沒有被派去上海工作，又會怎樣呢？但我沒有再想下去了，因為人生是沒有如果的⋯⋯

17・Q Pay

在大型 audit firm 工作的好處，就是可以享受 study leave 和免費的 QP training，對於正在準備會計師試的同事們，極為重要。

QP 考試有五份卷，分別是 Financial Reporting，Business Finance，Business Assurance，Taxation 和 Capstone（Final exam）。

剛畢業的會計從業員，除了要面對永無休止的加班外，即使在放假的時候，他們也要花時間準備考試，幾乎沒有休息的機會，你就可想而知他們真的忙碌得很。

為什麼考試如此重要呢？對於普通人來說，他們覺得失敗了就重新考一次，考多幾次就能通過了。

然而，對於 Auditors 來說，只要他們一直未通過考試，就無法獲得相應的專業資格和 Q Pay，更重要他們永遠都沒法離開這個地獄。

不同 grading 的 Q Pay 也不盡相同，幅度介乎於 HK$3,000 到 HK$7,000 之間。不要以為考試的成功與否只會影響 Q Pay，實際上，它還會影響同事的 performance rating。每年公司都會舉行 performance meeting，討論同事的工作表現，以決定他們的薪酬水平。同事要取得 high pay 和 top pay，都要經過激烈的競爭，所以只要同事有一些小錯誤，甚至是未完成考試，都會影響他們的 performance rating。由此可見，考試的結果對於同事們的影響非常重大。

更重要是，只要同事一直 fail，就無機會走出無限的加班輪迴。

每一位同事，也在等著一個辭職的機會。只要考試合格，累積三年的工作經驗，取得會計師牌後，就可以快快樂樂辭職的了。

可能你會問，「即使未考完試也可以辭職嗎？」

當然可以，但實際上，擁有 audit 經驗並沒有想像中那麼有價值。對於還未完成考試的同事們來說，即使找到一份不錯的工作，在大多數情況下，他們的薪水都會被壓低。畢竟，沒有會計師牌的會計從業員是不值錢的。

以前，我總會跟下屬說：「即使你頂不住，也要頂得住，你的目標是辭職前取得一個會計師牌。」

可是我經歷了許多後，我發覺道路是人行出來的，沒有一條必需要走的道路，而且前人的道路不代表適合你。如果你真的受不了，亦不用強迫自己去接受一切不合理的事情。也許未取得會計師牌就辭職也是一個不錯的選擇呢？畢竟將來的事，誰會知曉呢？

錢可以買到很多東西，但卻買不到快樂！我想你快樂就足夠去彌補你的代價的了。你同意嗎？

18 · 第二年的 Peak Season

經過一年的努力後，我順利由 Associate Year 1 升到 Associate Year 2，其實只要你正正常常，又無得罪人，其實每年都可以順利升職，因為 audit 最缺人。

升上 Associate Year 2 的好處是我終於有下屬了，終於可以指揮一下 Associate Year 1 和 Intern bb，終於有做阿姐的感覺了。

今年的 Peak Season，我主要處理兩隻 engagement，分別是榴槤公司和鋼鐵肉餅的 annual audit。

今次的 teammates 有健談哥 (Senior Year 1)，我 (Associate Year 2) 及兩位 Interns。

2 星期的 reporting job，我們要處理 7 間公司的 audit，當然包括所有的 fluctuation analysis 和 vouching。我們上年的 team structure 明明有 Senior Year 3，Senior Year 1，Associate Year 2 和 Associate Year 1，但今年全部 downgrade 了！

今次的 engagement 有兩位剛入職 Interns。我第一次要同時教兩位 Interns，還要保持着耐性，更要不斷加班完成自己還未完成的工作。

當 Intern A 提出問題後，接著 Intern B 又有問題，我就像她們的保母般，教她們用公司 software，如何做 audit，及向 Client 提問的方法。八個小時的辦公時間全部用來做 coaching，但她們的 testing 還是做得不堪入目，我明白強求只有 HK$8,000 月薪又沒有工作經驗的 Inters，要有很好表現，又要 wok 得，是多麼不合理的一件事。

我理解她們已經盡力了，她們連 audit 也不懂是什麼，但卻要做着一堆不明所以的 audit procedures，即使我跟她們怎樣解釋也好，但她們缺乏經驗，不懂就是不懂，是勉強不來的。我明白這只是時間的問題，畢竟 audit 是一個只要有手有腳的人就能做到的行業。

那健談哥呢？他明顯只是食花生 mode。自從他變了 SIC 之後，他總是袖手旁觀。

有一次，在酒店的電梯門口，健談哥問我：「我們還有數天 off field，你還有多少未完成？」

我無可奈何地說：「還有很多未完成！Intern bb 不用我照顧嗎？我只有加班的時間才可以做自己的 task。」

健談哥說：「我只理會你們完成了工作沒有，其他不在我的關心範圍內！」

我拍一聲關上了酒店的房門。我生氣了！作為一位 SIC，不能只揸下屬幫你做事，難道你不用 provide coaching 嗎？所有的 work allocation 亦應該要因時制宜，而不是一成不變。Manage 一個 team，除了 manage 整個 project timeline 外，還要 manage 他們的情緒。

那兩個星期，我就在不停的加班中度過，由早上的 10 點做到凌晨 4 點，明早起床還要露出笑容，跟 Intern bb 開玩笑，等她們的情緒不要太緊張。

她們從未踏足馬來西亞，當然對每個地方都抱有一種渴望去探索的心態，而健談哥的工作也不算繁重，但我除了有一大堆 Intern bb 還未完成的 testing 外，還有健談哥分配下來的 working。可是，即使我多 wok 也好，當全 team 也在享受這個 business trip 的時候，我還是得出席所有

的觀光活動。

在吉隆坡，交通擁塞情況非常嚴重。即使是短短的十分鐘車程，也可能需要花費半個小時。當我坐在 Uber 時，不停的暗自嘆氣：「到底我何時才可以回酒店加班呀！早一點開始加班，就早點放工，如果遲點開始加班，可能連放工的機會也沒有。」

這兩個星期，就在不斷的加班和 provide coaching 中結束。之後，我再沒有做這隻 job。雖然有時我點抱怨，但總括來說，在這個 engagement 開心的時候還是比較多。

有時我會想起健談哥和拍抬哥，他們會來我酒店房，坐在床上玩起 board game（爆炸貓），從下午一直玩到深夜。我們甚至為了買某個特定的 board game 走遍整個吉隆坡，然後在 board game 店裡玩起其他不同種類的 board game。雖然我本身不太喜歡玩 board game，但和他們一起玩是蠻開心的，只是我們工作模式不太配合而已⋯⋯

19 · 第一次做 Associate In Charge

在 Peak Season 的一半，我又再次回到鋼鐵肉餅進行 annual audit。

「唉！我們找不到任何 Senior 帶這隻 job，今年你要自己帶鋼鐵肉餅的 annual audit。」好人哥跟我說。

「不會吧！我只是 Associate Year 2，而且這隻 job 是 first year audit，還要與廣州 audit team 有緊密的合作，我無法應付得來。」我嚇了一跳地說。

「你可以的，就算真的不行，不是還有我嗎？」好人哥說。

人生第一次帶 job，第一次做 Associate In Charge。我帶着 Associate Year 1 和 Intern，站在 client 的 IFC office 門前，等待客戶帶我們去 audit room。

「你還好 fresh 喎！今次 annual audit 是你 in charge 嗎？」Client 一看到我，就忍不住取笑我說。

「對呀！你不用擔心，我一定會處理好的。」我固作鎮定，但心裡卻忐忑不安。

「最好你處理得來！」Client 說。

我們來到上次進行 interim review 的房間。幾個月前，我坐在同樣的位置，卻只是全 team 最低級的成員，但數個月後，我竟然變成這隻 job 的 AIC，真是令人匪夷所思！

「這裡的成長不是逐漸的，而是突然的！」

明明我只做了一年 audit，還是清澀得很，但現在我卻在處理應該由 SIC 負責的工作，例如 task allocation，coaching 和討論 audit issues，當然亦要跟 Client 開會，update 我們 audit findings。

這家公司有優先票據 (Senior note) 和投資性房地產，因此我需要聯繫不同的內部 valuation team，請他們審核並確定發債和投資性房地產的價值。

對我來說，審核優先票據 (Senior note) 的難度相當高，因為我必須檢查客戶的 accounting treatment 是否正確，僅僅閱讀優先票據合約就花費了我相當多的時間。

更重要的是，我沒有去年的 working 可供參考，而我以前的 engagement 也沒有涉及到這些 topic，所以我只能自己創建一系列的 working 出來。

加上，我需要不斷跟廣州的 audit team 開會，因為在 audit planning 時，香港及廣州 audit team 的工作分配並不清晰，所以在開展工作後，遇到了困難。有時候我們會簡單地認為某些事情應該由廣州 audit team 負責，但後來才發現應該由我們自己處理。

此外，廣州 audit team 的 Manager 也會直接找我談 audit adjustment，當然包括她督促我們香港 team 要儘快完成 audit work，可以早日提交 reporting pack。

我突然由 Associate 變成 in charge，壓力又何止增加了一倍呢？

Associate 本身只需要 manage Senior 的期望即可，但身為一位 Associate In Charge，卻要同時 manage 自己

team Manager，廣州 team Manager，Client，下屬及 valuation team 的期望。

明明凌晨三點才入睡，但早上八點又收到訊息，說冒出了什麼突發問題。那時候，我只覺得心很疲憊，亦感受到巨大的壓力。

每晚都睡不好，早上起床時，心跳突然加速，我不知道是因為過度依賴咖啡因而產生的負面影響，還是因為壓力太大所致。

所有 parties 都可以捽我，剛完成一個 task，就被另一個 party 捽，當我終於有時間處理自己的工作，下屬又走過來問問題：「阿姐，我見你現在有空，可否教我這個 working？」

我看著她，覺得她真的很會挑選提問的時機。我忙了一整天，到現在才有少許的時間處理手頭上的工作，但無論如何，我還是一一回答了她的問題，因為我理解她的無助，如同我當初在 Associate Year 1 的處境一樣，所以即使我多忙，但我還是覺得 coaching 是很重要，不能忽視的。

今個 Peak Season 有許多的第一次，第一次帶 job，第一次以 Associate In Charge 的身份踏入 client office，第一次被不同的 parties 捽。做 Associate 時，一直覺得 SIC 忽略了對 Associate 的照顧，既不主動做 coaching，更不捽捽 Associate，要他們以最快的速度完成工作。可是，我做了 in charge 後才意識到，這不是因為 SIC 不想 provide coaching，也不是他們不關心下屬，而是在有限的時間和資源下，一個人難以應付太多的事情。如果 in charge 還要照顧下屬，就需要延長加班的時間。

所以到最後，還是取決於你如何選擇而已……

而且，當你帶過一次 job 之後，就好像成就解鎖，下一次再做 SIC，對你來說，難度不再了。那年的緊張和戰戰兢兢，亦不復存在了。這就是成長了嗎？

20 · 鋼鐵肉餅的收購項目

順利完成鋼鐵肉餅的 annual audit，亦成功在人生第二個 Peak Season 生存下來，不要以為就可以休息一下，因為緊接下來是鋼鐵肉餅的土地收購項目，所以我又被派上北京香江了。

同 team 有能力哥 (Senior Year 2)，普通妹 (Intern) 及我 (Associate Year 2)。

鋼鐵肉餅到底用了 20 億了什麼地皮呢？自從我知道鋼鐵肉餅在鋼材後花園附近起住宅區，我對它已經不抱任何希望了。

作為一個重大的收購項目，當然我們需要實地考察這塊花了 20 億的地皮。可是我們只見一片破爛的土地，四周都是荒蕪一片，和我原先的想像完全不同。這真是 Client 花了 20 億去買的地皮嗎？這又再一次顛覆我的想像。

在房地產項目中，若要收購一塊地皮，首先需要收購該地皮所屬的公司，所以今次我們主要 audit 該地皮所屬公司，以確保所有財務報表數據的準確性。如果交易達成，這項重大收購將需要在香港交易所進行披露，因此絕對不容有錯。

那間地皮所屬公司的 office 比鋼鐵肉餅的 office 更加破舊不堪。牆壁剝落，長時間沒有進行清潔，四周灰塵遍佈。廁所甚至沒有門，只用一條透明軟膠簾代替，但這個透明軟膠簾早已不再透明，變成了黃黑色的半透明狀態。我真的沒有勇氣去那個廁所……

此外，因為有能力哥做 SIC，我感到相對輕鬆，有更多的時

間可以跟 Intern bb 聯繫下感情。

我的工作包括檢查合同，做 reasonableness test 及做 fluctuation analysis，這些都沒有什麼特別，因為每隻 job 的 audit workdone 也太同小異。

我希望讀者從書中了解到的，並不是做 testing 有多 wok，也不是怎樣可以 re 一個沒有 variance 的 reasonableness test，我希望你們透過我的經歷，體會到我那些年心態上的掙扎和轉變，我想這才是 audit 最精彩的地方。今次我談談出 job 的有趣事。

普通妹，為何稱她為普通妹呢？因為她的普通話能力跟我一樣很有限。她懂得講普通話，但聽不懂北京腔，而我則聽得懂小許北京腔，但不太擅長說。每當她需要向 Client 索取資料時，總是拉著我一同前往，因為她聽不懂 Client 所說的內容。那種濃厚的北京腔、捲舌音，聽起來特別吃力。因此，我會幫她用廣東話翻譯，然後她再用普通話回應 Client 的提問。

「作為一個搭檔，沒有我，你在北京肯定無法生存下去。」我向她做了個鬼臉。

「若沒有我在場，你連簡單的交談也不會，連去機場都有難度！」普通妹說。我們常常開玩笑，捱過了惡劣的環境。

能力哥有點潔癖，當他看到我們所住的酒店時，嚇了一跳。我們入住的是一家中國的連鎖酒店。每晚只需要 HK$200，而鋼鐵肉餅是這間酒店的 VIP 客戶，我們能夠以 188 港元的特價入住。你可以想像那裡的衛生狀況和品質如何了。

房間的廁所不是乾濕分離，只要我坐在書桌上的紅色絨毛凳子和床上，就會身體發癢。

當時是四月底的北京，天氣已經開始變熱，大約 27 度左右，但房間裡卻仍然開著中央暖氣，導致室內溫度高達 35 度，我已經熱到無法入睡。

怎樣辦呢？

我傳訊息給能力哥說：「你覺得房間的溫度如何？溫度會否有點高？」

能力哥回答：「正常溫度。你心靜自然涼！」可是，我熱到要脫掉所有衣服才睡得著。

明早，能力哥主動走過來跟我說：「實在是太熱，我不能再忍受這間房間！」

我對他做了個鬼臉：「還好吧！心靜自然涼！」之後，他忍不住笑了出來！

能力哥雖然只是 Senior Year 2， 但卻是 Manager to be 的人，泊一個好碼頭是相當重要，能力哥無疑是一個好選擇，他無論是聲譽和實力都非常出色。

起初，他蠻喜歡我，將我拉進他 in charge 的 engagement — 世界之癲。可是，後來我們之間發生了點小事，而關係變差。

人生就是這樣，我們設定的目標，可能會因為不同的原因和情況而改變。後悔嗎？也許有一點吧！可是，人生是沒有如果的。即使給我重新選擇的機會，我的選擇還是不變的。

21 · 這間公司最值得重視—同事

在收購項目之後，緊接着就是進行鋼鐵肉餅的 Interim review。

今次，我們有四個 teammates，分別是接吻魚哥 (Senior Year 1)，睡衣派對哥 (Senior Year 1)，叻仔 (Associate Year 1) 及我。

我和睡衣派對哥以及叻仔將一同前往北京香江進行 interim review，而接吻魚哥則會留守香港。讓我先介紹一下我的 teammates，這個 team 真的非常有趣。

接吻魚哥這個名稱來自於他在一次公司聚會中的一段趣事。他被一位喝醉的女生強行濕吻，他當時完全清醒，但卻沒有推開她。因此，他們就在一眾的 Partner 和 Manager 的面前，當場示範了一個濕吻，所以，我暱稱他為接吻魚哥。

當然，接吻魚哥已經有一位女友，但在這個開放的環境，一切都沒有所謂的了。我在稍後的章節會談一談接吻魚哥的愛情。

睡衣派對哥的名字源於他在英國留學時的一段趣事。有一次，他參加了一個睡衣派對，派對籌劃人規定參加者不能穿著任何內衣，只可以穿睡衣出席。他在派對完結後才到達現場，所有的人都已經喝醉，大部份的同學都是衣不遮體。他告訴我，他跟這些 body 沒有下文，他只是去感受下瘋狂的氣氛，所以信不信就由你啦！

叻仔，這個名字來源於他常常稱讚別人為「叻仔」。我曾和不同的同事合作過，但我對他是最放心，最信任的，很難找到一位同事能夠像他一樣既能開玩笑，又能負責任地完成工作。

剛認識他的時候，我總喜歡跟他開玩笑。

「你那間大學畢業？」我聚精會神地望着電腦問他。

「University of Toronto！」叻仔答。

「什麼？讀 Vancouver ？」我雙眼還是沒有離開電腦。

「阿姐，我讀 Toronto 呀！」叻仔嘆了口氣。

「阿 Vancouver，幫我 print 文件。」過一會兒，我叫叻仔幫手。

「Toronto 呀！」叻仔已經有點不耐煩。

「你讀什麼大學也好，我很忙，你先幫我 print 文件。」我奸笑了一下。

某天星期六，我們按照往常回 office 加班，而叻仔一早幫我在豬肉枱佔了一個位置。我一坐下來，還未打開電腦。

「你有無留意我穿了什麼外套？」叻仔興奮地說。

「你穿什麼關我什麼事，我又不是你老母。」我看也不看他一眼。

「阿姐，你先看看我，我着了 University of Toronto 的外套，這件外套只有校友才有。」叻仔手舞足蹈地說。

「淘寶貨？」說時遲那時快，我的電腦終於開機了，我立刻投入工作的懷抱。

「阿姐，我真是校友來！」叻仔帶點失望地說。

「阿 Vancouver，我無時間探討你讀那間大學，你先幫我處理這張 working。」我說。

「係 Toronto 呀！」叻仔無奈地說。

「如果我再不相信，你應該會給我看畢業證書，對吧！」我做了一個鬼臉。

叻仔就是這樣一個人，愛開玩笑，但同時相當認真地處理工作，更棒的是，即使我戲弄他，他也不會生氣，在繁瑣又沉悶的 audit 生活中，他的存在，多麼重要。

如果你問我五年的 audit 經歷，最精彩的地方在哪呢？

我想是同事吧！在這裡我遇到不同類型的人，有風趣幽默的，有自私的，有不擇手段爭取晉升機會的人等。當然，我在其他地方也可能遇到這樣的人，但只有在這種沒日沒夜加班的 audit 環境中，我才能更深入地了解他們的個人生活和情感。畢竟，我們也是剛剛畢業，還清澀得很，即使我們在階級上有著 Senior 和 Associate 的差距，但我們每一刻都見證著彼此的成長，每一刻都見證著彼此的進步，每一刻都在更努力完成我們的工作。

我喜歡那種熱血，是我在別的工作中找不到的……

22 · 點解在香河只可以食肉餅？

我跟睡衣派對哥及叻仔一起前往北京香河處理鋼鐵肉餅的 Interim。這次的工作內容與以前相似，所以這次我來分享一下我們在 Interim 中發生的趣事。

Client office 位於北京近郊，就在鋼材後花園旁邊，一個相當偏僻的地方。公司隔壁除了有肉餅店，幾乎沒有其他商店。作為一個盛產肉餅的地方，有不同口味的肉餅供人選擇，包括牛肉、羊肉、驢肉以及鹿肉肉餅等等。它們貌似不一樣的味道，但我只食得出肉餅味……

我們餐餐都食肉餅，有一次我們實在忍受不了，決定搭 10 分鐘計程車出去吃 KFC。當時天氣還陽光明媚，但吃完 KFC 後，突然下起傾盆大雨，就像黑色暴雨一樣猛烈。更糟糕的是，這個地方的排水系統非常差，水位已經淹到了我小腿的一半。

下暴雨後，所有的計程車都停止營運了。

叻仔看到前方停著一輛鐵皮三輪車，他提議說：「不如我們坐這輛三輪車吧，至少還有車可以搭，而且我們只有 10 分鐘的車程。」

我們看到那輛破舊的三輪車，車身上的鐵皮滿佈髒污，車身亦都甩皮甩骨，連車門都無法關上。

我無奈地望了叻仔一眼，堅決反對他的提議：「不行，你看看那個車門，完全無法關上，車身很容易進水。」

幸好，剛有一輛計程車願意載我們，我們立即上車。

後來，計程車駛到某個地方，水位已經淹到車身的一半高度，但幸好還沒有進水，但我們身旁的那輛鐵皮三輪車卻是另一番景象，整輛車都已經完全被水淹沒了。

鐵皮三輪車的車主咒罵道：「他媽的，全淹了……該死！」

睡眠派對哥對叻仔恥笑地說：「如果我們真的坐了那輛三輪車，我們就真是「濕 L 晒，唔洗驚！」

我即時加入戰團：「無想過在北京都可以玩到水上樂園！」

我們都笑到停不下來……

後來，Client 怕我們太熱，於是買了一個大西瓜，並切好放在我們的桌上。

Client 說：「我給你們買了個大西瓜，你們一定要吃完，可以降降溫！你們辛苦了，做 audit 一點也不容易。」

內地的 Client 總是非常熱情又好客的，但我們三個人互望一下，我們怎樣吃得完一個大西瓜呢？而且，我們吃不完又好像不給他面子，怎樣辦好呢？

「我們怎樣辦好呢？」我想了想。

「不如把它丟掉吧！」叻仔說。

「那要掉在哪裡呢？難道掉在門口嗎？我們應該把西瓜剖開取出果肉嗎？只掉西瓜肉，然後把西瓜皮放在桌子上？」我說。

「你有很多時間嗎？全部掉在那裡？」睡衣派對哥指一指對面的鋼材市場。

於是，睡衣派對哥和叻仔將剩下的西瓜包好，放進袋子裡，然後悄悄地跑到對面的鋼材市場，將袋子放進垃圾桶裡，然後偷偷地回到辦公室。

「個西瓜沒了？」Client 進來後問。

「我們已經吃掉了！」我回答說。

「你們連西瓜皮也食嗎？」Client 驚訝地問。他在心裡一定想著，香港人也太奇怪了。

「我們吃完西瓜，隨便幫你處理西瓜皮！」叻仔真摯地說。我那時已經忍不住笑了出來。

****

在用餐時，Client 似乎對我們很了解，說道：「你們平時吃太多肉餅了，這次我們去吃清湯火鍋吧！」

我看著火鍋裡清澈透明的湯底，我們三人再次互相對望。

我有些不好意思地問 Client：「清湯是指用白開水來做火鍋湯底嗎？」Client 這次沒有和我們一起用餐，我絕對懷疑他一定逼我們吃白開水火鍋。

睡衣派對哥微笑了一下：「水清見底，一定好健康。」我瞪了他一眼。

Client 說：「等一會兒會再調味，不是白開水，有味的。」

我終於鬆了一口氣：「嚇死我了。」

Client 不在場，我們就可以天南地北聊天，從公司的八卦

到個人的往事，甚至愛情史，沒有什麼話題是不能討論的。睡衣派對哥分享了他在睡衣派對跟那些 body 沒有下文的故事，而叻仔則講述了他在多倫多留學時發生的趣事，以及對台妹的偏見，認為她們太開放且常常不忠。每次當我聽到這些話時，我最常回答的是：「你們到底算什麼男人？」

用餐後，時間已經接近九點，我們需要跟 Manager 開會。我看了一下現在只有 8:45 分，於是決定先去洗個澡，以免浪費之後加班的時間。踏正晚上九點，我穿著睡衣，頭髮仍然濕漉漉的，由於完全沒有多餘的時間吹乾頭髮，我便匆忙地衝進了睡衣派對哥的房間。他們兩個看著我濕透的頭髮，愣了一下。

「你有風筒嗎？可以借給我用嗎？」我問睡衣派對哥。

「你當這裡是你家嗎？你不覺得應該先把頭髮吹乾再過來嗎？」叻仔在旁邊皺起眉頭。

「又不是你的房間，關你什麼事？」我瞪了叻仔一眼。

「不要吵架啦，我們要開會了。」睡衣派對哥說。

在工作中能夠遇到有趣的 teammate，是一大幸運，而這隻 job，我遇上了兩個有趣的人，可以說是一萬乘以二的幸運啊！

23 · 到底我們是做 Auditors，還是做陪酒

我們的 Client 是北京人，即使在下午吃飯的時候，他也要求我們陪他喝酒。每次去內地出 job，大家跟陪酒女郎沒有兩樣，總要陪某老總一起喝酒，但為了祈求 audit 一切順利，這樣的應酬是不可避免的。

那天是我們在香河的最後一天，但 Client 仍然堅持要我們陪他喝酒。我們三個人互相對望了一眼，我們還有很多工作尚未完成，連 walkthrough 也未執好，我們都不太願意再花時間渴酒。

Client 說：「我們喝點小酒，晚上你們就坐飛機回香港，可以輕鬆一下了！」

我們心裡想：「大佬，我們還有很多工作未完成，我們不要輕鬆啊！」

可是，Client 的盛情難以推卻，所以在中午的時候，我們一杯接着一杯酒乾下去，但小妹一向不擅長喝酒，之後我忍不住頭靠在桌上小睡片刻。

當我醒來時，我充滿精神地說：「我們可以找 Client 談一談 walkthrough 了。」

我們拉著 Client，一談就是數小時。

Client 問：「你們喝完酒不需要休息一下嗎？」

我微笑地說：「我們已經休息過了，現在是工作的時候！」

叻仔說：「我們飲完酒，Q 你，Q 得更興奮！」

Client 的意圖非常明顯，他以為我們喝醉了就不會再打擾他，但他沒想到，我們只會愈戰愈勇。

我們離開時，Client 說：「下次你們再來，我帶你們喝更烈的酒。」我在心裡想，千萬不用呀！

在北京機場，我們通常在登機前都會去餐廳用餐，因為我們對飛機餐不感興趣，而在北京機場，有一家餐廳是我們必去的，就是北京的必勝客。因為即使叫了整桌的食物，價格也非常便宜，只需 200 蚊。

有次，叻仔在北京機場的必勝客，拍了照片給我，然後問我：「你猜我在哪裡？」

我笑了一下：「我怎可能忘記呢？」

我們總是在輕鬆的氣氛中度過了忙碌的日子。

在外地出 job 可以是一種愉快的體驗，但同時也可能是一場災難級數的折磨。這取決於你是否有一群有趣又有高度抗壓能力的 teammates。儘管所有的 audit procedures 都是重重覆覆，但 audit 本身就不是一份輕鬆的工作。即使我描述 audit 經歷有多有趣，但做過 audit 的人都明白，有苦自知，其實大家只是在苦中作樂罷了。

做 audit 也有快樂的時刻，但更多是壓力爆煲的時候。然而，個人的心理素質和對事物的看法影響著我們對這個高壓環境的觀感。

做 audit，wok 是無可避免的，只要不是遇到 wok 人，你已經非常幸運！

24・陪坐的 SIC

我和睡衣派對哥以及叻仔回到香港後，第二天就前往 IFC office。

早上，我辦公桌上的電話響了起來，Client 生氣地在抱怨叻仔：「他完全不知道要 request 什麼，他連自己需要什麼也不知道，你能不能不要浪費我的時間？」

我對 Client 說：「沒問題，我會與他談談，再找你！」

我望了叻仔一眼，笑著對他說：「剛才 Client 投訴你了，你才到 client office 不到兩個小時就被投訴了！」

叻仔生氣地回答：「我跟她說得很清楚我需要什麼，是她不理解，才投訴我的。她也太過份了！」

我笑着說：「我很清楚她是怎樣的人。她是你的 Client，如果她不明白，你有責任向她解釋清楚。你出去向她道歉，態度好一點，可以嗎？」

叻仔不滿地回答：「我沒有做錯！」

我笑著說：「現在不是關於誰對誰錯的問題，你是否需要那份 audit schedule 呢？還是你覺得憑着你自己能力，可以自己做出來？」

****

接吻魚哥是 mid join，他的處事方式與我們有所不同。小妹並不是暗示 mid join 帶來了不良文化，只是單純想分享一下接吻魚哥的處事手法。

接吻魚哥總喜歡在公司坐到凌晨兩至三點，但事實上工作並沒有忙到必需每天做到凌晨的道理，他不過是想在豬肉枱無限加班以展示他為公司的付出，或許也在暗示，他是升 Manager 的最佳人選吧！

然而，這樣呆坐的文化並沒有用，因為升職最重要還是 invest in relationship 和 technical skills。他通過這種錯誤的工作方式來展示自己的能力，並不會給上司留下好的印象。

儘管 Client 的 accounting treatment 並沒有錯，但他總是喜歡批評，再自己創造新問題出來，最後迫我們解決。他這種工作模式，在 audit 這個行業很常見，但他讓原本已經很忙碌的 teammates 更加疲於應對。明明他提出的問題並不是那麼緊急，但他卻強迫整個 team 先處理他的問題，導致一些更加緊迫的問題無法得到及時處理。

有一次，接吻魚哥對睡衣派對哥說：「這裡你 document 詳細一點吧！」

睡衣派對哥已經極不耐煩，他生氣地回覆：「什麼你也要 document，你懂不懂做 audit 呀！再 document 下去，working 的長度比豬肉枱還要長啦！」之後，他轉身離開。

最後，睡衣派對哥有沒有 document 都不再重要了，重要的是接吻魚哥弄到全 team 也討厭他，這是多麼不容易呀！

作為一位 SIC，除了你有能力趕到死線，同時 deliver 到高品質的工作，你還需要具備團隊管理能力。整個 team 不是因為你的強硬壓迫而順從，而是真心想幫你做事。正如俗話所說，攻城為下，攻心為上，就是這個道理。

要讓一個人對你心悅誠服，靠的並不是強硬的態度，靠的是你的心，但是我知道他並不會懂……

25 · 接吻魚哥的愛情

工作時，少不免會問及同事的感情狀況。

「你有女友嗎？她在哪裡工作？」我直接問接吻魚哥說。

「我的女友在小型公司工作，我知道這可能不太好……畢竟她不在大公司工作。」接吻魚哥支支吾吾，看起來不太想回答。

「為什麼不好呢？難道你們相處開心不是最重要嗎？她做什麼工作，不是最重要的考量吧！」我與叻仔相互對望，困惑地問道。

「但是她不在大公司工作，好像沒有前途。我問過她，但她又不想轉公司。」接吻魚哥搖搖頭。

「你也是由小型公司跳到大公司，但得到大公司 offer 後，就輕視以前公司的一切了。」我心想。

我沒有再多說什麼，因為從他的幾句話中，我已經理解他對自己的女友的輕視，因為她沒有獲得大公司的錄用，他就覺得她的前途一片黯淡。他甚至害怕別人知道他有一個前途暗淡的女友，不知道別人會如何看待他。

別人不會因為你的女友在小型公司工作而輕視她，真正輕視她的人是他自己，而不是別人。

當他有大公司的 offer，就看不起曾經與他站在同一起點的女友，這表示他並沒有好好尊重這段感情。加上，我也不認為在大公司工作有什麼值得自豪的地方。我們每天工作 15 至 16 小時，換取的時薪可能還不如其他行業兼職人員

的薪水。我們甚至還要感謝公司給我們成長的機會，這才是真真正正被剝削，所以我們到底有什麼值得自豪的地方呢？

後來，他與朋友行山時結識了另一位山系女孩，於是他拋棄了拍拖多年的女友，並展開與那位山系女孩的熱戀，不久後他們就結婚生子了。

如果你問我，他們錯過彼此是因為在不適合的 timing 遇上了對方嗎？

我認為情況並非如此，可能他一直都不夠愛對方吧！他一路以來都沒有更好的機會認識別的女孩，所以他只能保持著一段可有可無的感情。那個前途看似暗淡的女孩從來就不是他結婚的人選，所以他們分開也是意料中的事。

26 · 曾經重視的 Performance review

每年大約在六月到七月的時候，公司的 Partner 和 Manager 會招開 performance meeting，主要是討論同事的表現及未來一年的 performance rating 和相應的薪資調整。

Performance rating 根據表現分為 Performer、High Performer 和 Top Performer。Performance rating 對應的薪資分別為 normal pay、high pay 和 top pay，每個薪資等級之間大約相差 HK$2,000 元左右。

Normal pay 同事的工作不會比獲得 high pay 或 top pay 的同事更輕鬆，只是 high pay 的同事會被 Manager 寄予更高的期望，因為這代表他們有能力處理到下一個 grade 的工作，例如，一位取得 high pay 的 Senior Year 1 同事已經可以處理到 Senior Year 2 的工作量。

可能你會問，一個取得 top pay 及 high pay 的同事，是否代表工作能力比 normal pay 同事更出色？

獲得更高的 performance rating 與你的工作能力可能有關，但並不一定存在必然的關聯。因為影響績效評級的因素非常多，例如，你的工作能力、你所擔任的職位是否具有高的 audit fee，你是否能夠建立良好的人際關係和你是否能夠在適當的時機展現自己的能力等等。

有些人之所以獲得 top pay 是因為他們 wok 得，同時工作能力很強。然而，也有些人之所以獲得 top pay 僅僅是因為他們與高層的關係良好。

曾經我覺得獲得 high pay 或是 top pay 是首要的事，因

為同樣的工作量，卻可以獲得更高的薪資，還可以在公司獲得更好的聲譽，有誰會不在意這些呢？

然而，隨著時間的流逝，我們的熱情開始逐漸消退。每天除了無間斷的加班外，還要面帶微笑地應對各種人際關係，確實太辛苦了。最後，你可能會視那少掉的兩千元，當作是做回自己的成本罷了。

曾經有一位 Manager 對我說過：「如果你想確保你的 high pay，你應該知道怎樣做，例如 override 你的 SIC？」

我沒有說什麼，我明白要保住那個 high pay，我應該要做什麼，應該要如何踩著我同事上位。可是我沒有這樣做，因為她是我的好朋友。

那少掉的兩千元，就當作是我們友情的代價吧！這樣的話，出自一向貪錢的我口中，顯得特別格格不入，但即使怎樣貪錢也好，有些原則還是不能背棄的……

無論如何，我終於由一位 Associate 晉升為 Senior。

27 · 到底同事，是人，還是 resources 呢？

在 2017 年 11 月，當其他公司忙於進行 pre-final 的工作時，鋼鐵肉餅除了要處理 pre-final，還有一個大型的收購項目需要處理。

我們自從十月以來都獲得了晉升，接吻魚哥晉升為 Senior Year 2，我升上 Senior Year 1，叻仔則是 Associate Year 2。

接吻魚哥跟我們說：「你們誰想跟我去廣州處理收購項目？」

我們相互對視了一眼，心中真的萬般不願意跟接吻魚哥一起合作，因為大家都知道他只會製造問題，卻沒有解決問題的能力。

突然收到 Manager 下達的指令，要求我和叻仔前往北京進行 pre-final 的工作，而接吻魚哥則帶著兩個 Interns 前往廣州處理收購項目。我和叻仔聽到這個消息後，高興得在桌子下擊掌了一下。

於是，我們兩個人獨自前往北京香河處理 pre-final 和 walkthrough 的工作。

****

在飛往北京的飛機上，我剛將我的行李放在行李架時，我主動問叻仔：「你需要我幫忙放行李嗎？」

叻仔跟我做個鬼臉：「難道你暗示需要我的幫忙？」

我微笑地說：「我不是你想的那種女生，我是真心想問你是

否需要幫忙。如果我需要你的幫助，我作為你的 Senior，我大可以命令你幫我放置行李。」

有時候，長時間從事 audit 工作後，我開始忘記自己也是女生這個事實，已經習慣獨自處理任何事。每當遇到困難時，我發現最可靠的還是自己⋯⋯

我們剛剛抵達北京，氣溫僅兩度。叻仔自豪地說：「我現在這件外套足以應付加拿大嚴寒的天氣。」

我看着他不停地拉緊自己的外套擋風，我就知道他應該怕冷吧！果然男人都把自己包裝得很強，但實際上這可能只是一種自我保護的方式。

這次，我作為一位 field in charge，主要與客戶開會討論他們的流程管理和計劃來年 annual audit 的工作，所以 testing 和 walkthrough 的工作就交由叻仔負責。

自從，我們經歷了 Interim 的相處之後，漸漸熟悉彼此的個性，減少工作上不必要的衝突和矛盾，提高了工作效率。

「你不覺得 audit 的工作很浪費時間嗎？」叻仔在處理 walkthrough 文件時，突然抬起頭，一臉疑惑地問我。

「所以這是你不想工作的藉口？」我反問。

「不是這樣的，我只是覺得如果有時間，應該把它花在更有意義的事情上，比如追求自己的興趣。」叻仔認真地回答。

「但我覺得你在 audit 這個行業會待很長時間。」我笑着說。

「或許我不會在這行業待太久⋯⋯」叻仔搖搖頭。

「那就看看將來你會做出什麼選擇吧!」我輕笑著說道。

「有一個問題,我一直想問你,以你在公司的良好聲譽,你根本不用做鋼鐵肉餅的 engagement,你可以選擇 audit 其他更具名氣的公司。我想知道你為何要做這隻 job。」我稍作沉思地問。

「我知道你個 team 缺人,而且還要應付接吻魚哥,所以我想留在這裡幫你。」叻仔真誠地看著我。

「你覺得我會相信你嗎?」我凝視著他。

「我知道你會相信我!」他微笑了一下,彷彿一切都在他的預料之中。

「你對自己太有信心了。」我微微一笑地說。

「因為我是真心的。」他用坦誠的眼神看着我。

我沒有再說什麼,對於他是否真的為了幫助我而留在這個糟透的 engagement,我就不得而知。我只知道我擁有一個不錯的 resource。對我來說,我知道這些已經很足夠了。

經過一星期的 pre-final 工作後,回到香港又要面對接吻魚哥。這次,他竟然把所有 Client 已簽署的銀行詢證函弄丟。他還辯駁指斥是 Client 設局陷害他,Client 並沒有給他銀行詢證函,但是 Client 沒有任何動機陷害他,而且與 Client 保持良好關係也是 Auditors 的責任。

到最後,無論 Client 有否設局陷害他也不重要,最重要的是誰負責善後?當然跟 Client 鄭重道歉,並且請求 Client

重新簽署銀行詢證函是必需要的，只是在 Client 的心中，
這位 SIC 有如形同虛設，畢竟同事的聲譽是極為重要的！

28・最好的 Intern

我已經入職近三年，亦迎來了第三個 Peak Season，時間過得比我想像中快，或許時間就在日復一日、月復月、年復一年的繁重工作中悄悄流逝。

這次鋼鐵肉餅的 audit team 有四位同事，分別是接吻魚哥 (SIC，Senior Year 2)，我 (Senior Year 1)，叻仔 (Associate Year 2) 和蔬果妹 (Intern)。

今次，我和蔬果妹被派到香河進行 audit。雖然之前我們在 Client 的香河分公司進行過 interim review，但今年卻是我們第一年進行 audit，而且我們只有一周的時間，扣除公眾假期，實際上只有四天的時間。在這四天裡，我們需要完成所有的 testing，walkthrough 和解 fluctuation，而且還沒有去年的 working 作為參考。另外，蔬果妹亦需要花兩天時間跑銀行詢證函，所以時間非常緊張。

蔬果妹才第一天上班就跟我去香河做 audit，我並不期望她能理解什麼是 ledger，也不指望她聽得懂我所說的 audit procedures。

第一天的晚上，我叫蔬果妹來到我的房間，希望她能先學習一些 audit procedures，明天開始工作時就不會如此徬徨。

「我真是很不好意思！我知道這個 engagement 的時間很緊迫，但我什麼都不懂，沒能幫得上忙，但我會努力學習，不會給你帶來任何的麻煩。」蔬果妹抱歉地跟我說。

「我帶 Intern 的經驗很豐富。你不用害怕！只要你盡力學習，就已經很足夠了。你做不完的工作，還有我嘛，我會幫

你的。」我盡力安撫她的情緒。

我 coach 過很多 Interns，但蔬果妹給我的印象卻是最深刻的，她是我唯一一個把她當作 Associate Year 1 看待的 Intern。因為她有着積極主動的學習態度，做事細心又有責任感。我交給她的工作，她總是能夠處理得很出色。

你們一定很好奇，為何稱她為蔬果妹呢？因為她非常喜歡吃清淡的蔬菜。在內地，最常吃到的是油浸菜，油份比菜還多，我連嚐一口的慾望也沒有了，但是蔬果妹會將油菜經過三層過濾，第一層和第二層是清水，第三層是紙巾，用紙巾將所有的油份擦乾淨，我已經驚訝得說不出話來了。

有次我和她一起吃飯，她點了一份水果沙拉：「我想要一份水果沙律走沙律！」

我聽到後愣住了，什麼是水果沙律走沙律？如果她只想吃水果，就去超市買，沒必要在餐廳吃吧！如果有更多像她這樣的客人，餐廳不賺錢也很困難吧！

****

在工作分工方面，蔬果妹會負責部份的 testing 和銀行詢證函，而我就會處理剩餘的 testing，account receivable 和 account payable 的 confirmation。

「阿姐，我這數天才完成了三個 testing，星期六我可以留在 client office 嗎？」蔬果妹不好意思地問。

「但我想睡覺覺豬！」我試探性地問她，如果我拒絕去 client office，她會有何反應。

「我可以獨自在 client office 工作，你就在酒店瞓覺覺豬吧！」蔬果妹認真地說。

「你想星期六幾點開始工作？」我問。

「早上九點，好嗎？」蔬果妹興奮地問。我心想：「不好，真的不好！」

雖然我一直抱怨她強迫我早起，同時試探她會否因為我的拒絕而屈服，但事實上我很開心。畢竟作為一位 field in charge，我喜歡看到同事們努力工作

白天我忙於處理 Associate 的工作，直到深夜才有時間處理自己該完成的 task。完 field 前一個晚上，重要的 working 亦只完成了 10%，整個 Excel 也是接近空白一片。看著這樣的進度，我嘆了口氣，但也沒辦法，只能回到香港再好好努力吧！

在離開香河前的最後一餐，我和蔬果妹在一家名為「百年老店」的餐廳品嚐香河的特色肉餅。蔬果妹呆呆地看著餐廳的招牌，突然發現下面有一行非常細小的字，寫著「距離百年老店還差 85 年」。

「傻妹，我們被愚弄了。」我望着招牌，忍不住笑了。

「你待了一年，又被騙了一年！」她取笑了我一下。

「你有無見過你大佬，叻仔？」我問。

「未呀！」她答。

「你去酒店樓下的麵包店買幾罐曲奇餅給叻仔的媽媽，他

媽媽很喜歡吃這家店的曲奇餅。」我指一指對面的酒店。

「你喜歡吃這家的曲奇餅嗎?」她好奇地問。

「你不懂的了,這不是喜歡與否的問題。它是香河唯一可以放入口的食物,但更重要的是它承載著那些年的回憶。我們喜歡的不僅是食物本身的味道,更是喜歡回憶的味道……」我淺淺一笑地說。

29．Wok 人才是最恐怖

經過一個星期在香河的 field work 後，我們全 team 終於齊齊整整出發前往 IFC client office，進行為期兩個星期的 field work。

接吻魚哥保持著他的一貫作風，總是把無關緊要的事情當作重大 issue。每次只要他發現新的問題。我們總要花時間向他逐一解釋。

更糟的是，他得罪了港女 Client。港女 Client 擅長講八卦，她說是非的能力確實是首屈一指。她向公司的每位同事訴說接吻魚哥的是非，即使是 Intern 問她要 schedule 也好，她也會補充一句：「你 SIC 真是太差，他怎會連基本的會計知識也沒有呢？」我還是第一次見到一個 Client 在 Auditors 面前說他們 SIC 的是非。

每次我問她要 breakdown，她都用 15 分鐘來跟我談論吻魚哥的是非。Manage Client expectation 是 Auditors 必備的能力，但是港女 Client 的 expectation，我真的不想去 manage！可是，為了那些重要的 schedule，她煩就由她煩吧！

作為一個夾心階層，我除了要處理接吻魚哥無聊的問題和港女 Client 的疲勞轟炸，還得處理蔬果妹工作上的問題。

到二月中，工作變得更加緊迫，因為我們要 lock 數和 submit reporting pack 給廣州 team。要 lock 數就要先解決所有的 issues，我們每天也是與時間競賽，但 wok job 不是最可怕的，只要你經歷過才明白，wok 人才是最痛苦的。

我們本來可以在家工作，但接吻魚哥卻堅持我們留在公司加班，我們都不情願在加班時見到他，但卻無可奈何。他是 SIC，決策權握在他手中。在這個極重階級觀念的 audit 行業，下屬並無反駁的權利。

當我們工作到凌晨時，接吻魚哥還是輕鬆地 review working。十分鐘前他 review 這個 working，但兩小時後，他還在 review 同一個 working 的頁面。他整天下來，除了偶爾發出幾聲按鍵的聲音，估計應該是發送訊息，其餘的時間都是安靜非常。我無奈地嘆了口氣，他到底知不知道自己在做什麼？他只知道要陪坐，但這種毫無成效的陪坐又有什麼用呢？即使你坐多久，也不會有人會重視你。

在 audit 這行業，同事為了表現自己「wok 得」，工作努力又肯為公司付出，互相都會比拼「鬥坐得夜」，即使沒事幹，也要長時間坐在豬肉枱前，讓其他人覺得你工作很努力，畢竟「wok 得」也被視為一種成就來，很可笑吧！

幸運的是，接吻魚哥只是暫時的 SIC，而且他的 booking 只去到二月尾，所以到了三月份，只剩下我、叻仔和蔬果妹在這隻 engagement。

30 · 值得如此努力嗎？

沒有了接吻魚哥，煩惱減少了許多，但我作為三月份的臨時 SIC，我也要服待 Manager，所以也不太好做。

這位 Manager 其實蠻好人，但有一個嚴重的問題，他喜歡坐在一起討論問題，討論完又繼續討論，但總是沒有結果。我曾與他坐下來討論一個 adjustment 該如何做，結果我們討論了整整四個小時，卻沒有得出任何結論。我心裡想：「還不如讓我回去工作好過！」

有一次，我和 Manager 在討論 issue，我注意到坐在遠處的叻仔看起來不太對勁，我已經告訴他不需要加班，但他仍然堅持。

當晚九點時，連 Manager 也察覺到叻仔的情況不對，並多次命令叻仔回家休息，我也私下給他發信息要求他盡快回家。

然而，晚上十一點時，我發現他還是靜靜地坐在公司做 working。

「我們都告訴過你要回家休息，為什麼你還在這裡呢？」我看到他繼續做 working，已經緊皺着眉頭。

「因為我要等你放工！我們是同 team，所以要齊上齊落。我知道你好 wok，亦知道 Manager 有很多 task 要你處理，也許我可以幫上一點忙呢？」叻仔認真地說。

「我已經跟你說過不用等我了，而且你所講的 team，只有我們兩個人而已！」我說。

「我還 ok……可以做多一會兒。」叻仔邊說邊咳嗽着。

「你命令你現在回家休息，我不要再說第二遍！我再回來的時候，不要再見到你！」我已經多次告訴他要早點回家，但他仍然堅持工作，弄到我有點生氣了。

叻仔說不過我，終於肯早一點下班。然而，在凌晨 12 點，我收到他的訊息：「你開完會了嗎？Manager 還有無其他工作要我們處理？需要我幫忙嗎？」

我傳了一個訊息給他：「7 頭，快點睡覺，你需要休息呀！」

叻仔就是這樣的人，充滿責任感，是一位值得信賴的同事。整個三月份，我們三個人一起努力奮鬥，但我們不需要蔬果妹加班，因為 Intern 月薪只有 HK$8,000，不應該為公司賣命的。因此，每晚只有我和叻仔加班。

有一天晚上，我們像往常一樣完成工作，然後一起下班。當我們在公司樓下等待的士時，我留意到叻仔完全沒有打車。

「你不需要打車嗎？」我問他。

「等你上車後，我再打車吧！我家就在附近。」叻仔回答。

「明年的 Peak Season 只有你一個人，你要記得有那些 area 要注意，否則，會有很大的問題。」我提醒叻仔明年 audit work 要注意的事項。

「你真的會離開嗎？」叻仔驚訝地問。

「今個 Peak 是我最後一個 Peak Season！」我嘆了口氣。

「其實你的 engagement 也不差，你不是想學更多東西嗎?」叻仔一副不理解的神情。

「你知道我有多麼渴望離開這隻 engagement 嗎?我曾經對自己承諾要學到的東西還沒有實現。」我回答。

「你不妨想一想，在這隻 engagement 中，你真的沒有學到任何東西嗎?你這兩個月所學到的 technical skills 不就是一邊學習，一邊應用嗎?這是每個人都必須經歷的階段，你需要給自己更多的時間和成長的機會，才能夠進步。」叻仔認真地說。

在繁忙的 Peak Season 中，除了每天試圖用歡笑去消除不安和緊張，更多的是對自己未來的反思。我們總在反思，到底我們如此努力奮鬥，值不值得呢?到底我們應該離開，還是留下來呢?

當我們覺得在這份工作中好像沒有學到什麼的時候，實際上我們可能在不知不覺中逐漸進步。學習需要時間，不管是 technical skills，還是如何 manage 一隻 job。

我知道叻仔說的話沒有錯，儘管我的 batchmates 都辭職，但我還留在這裡，因為我不甘心自己還未學到想學的知識。

三月尾的時間緊迫，因為鋼鐵肉餅快要 announce 了，所以每天都要面對各方的壓力，不論是 Client，老闆，廣州 team 和 valuation team 等等，但我們總能在和諧又愉快的氛圍中度過。

「哈姆太郎，明天到底會不會順利 announce 呢?」我笑着問叻仔。

「阿姐，即使你是 SIC，但你的智力和對笑話的抵抗能力跟一個三歲小朋友是沒有分別。」叻仔笑着說。

到底鋼鐵肉餅能否準時順利 announce 呢？當然可以，因為即使多困難的問題，也會在 announce 前得到解決。

31・無論理智和情感都叫你要離開

叻仔，出現在我不同的文章中，特別是較早期的作品，那些 Senior 跟 Associate 的對話，那些朋友間的對話，都有他的身影。有時他問我要稿費，我象徵式的 PayMe 了 1 蚊給他。

我在他 Associate Year 1 的時候認識他，到他升 Manager 那年，我已經離開了公司，他亦由昔日的叻仔，變成了大佬，我想是時間的魔力吧！

我總覺得見證著一個下屬由清澀再變成 in charge 及 Manager，是一個好奇妙的過程，因為即使他在這個過程中經歷了多大的轉變，但在我的記憶中，他的形象依然停留在我們初次相遇時的模樣—認真、清澀、On9，又帶點傻氣。

看着他教下屬認真的樣子，我想起的竟然是他剛入職問我如何解 operating expenses，如何做 finance cost，如何做 PUD。我見證着他的成長，如何由一個好 fresh 的畢業生長大成一個要對自己負責任，對 teammates 負責任的 in charge/Manager。

他總是跟我說：「做 audit 並不值得，每天都要加班到凌晨，只為了賺取微薄的收入，卻要浪費青春，健康和精神。人生還有許多可能性，我可以找一份比較 hea 的工作，我可以擁有自己想過的生活，做自己鍾意做的事，而不是做這些為做而做的 working。」

我問：「我不相信……你比其他人都還要努力。不如你答我，你努力工作為了什麼？」

叻仔帶點失望地說：「你總是用你的思維植入我身上，你並不了解我……」

我淡淡的說：「我沒有想要了解你……」

最後，在工作跟生活之間，他選擇了生活……我想這是正確的選擇，那些年他一定捱得很辛苦吧！

在 audit，每一年也是一個關口，每到一個 wok 位，總會問自己，到底日日加班，辛苦工作是為了什麼呢？這些 trade off 值得嗎？

有時理智戰勝了情感，有時情感戰勝了理智，到最後發現無論是情感還是理智都叫自己不要再留下來，因為成本大過效益太多了。

當有一刻，我們未學懂的東西，即使用再多的時間，都不會學懂的時候，當我們喪失了前進的動力時，當我們開始得過且過地過日子，我們明白是時候離開的了，是時候離開這一個安全保護網去看一看外面的世界了。

也許我們終於「畢業」了！期望我們在離別的時候，可以祝福對方「恭喜你終於畢業，要快樂喔！」

叻仔常常問我：「為何你喜歡作弄我？」

我總是笑著說：「因為你好好玩囉！」這個問題也太難回答，他希望得到怎樣的答案呢？也許因為我知道，無論我如何作弄他，他也不會對我生氣吧！

32 · Auditors 的愛情錯覺

很多 Auditors 的私生活都令人嘆為觀止。有些男 Senior
有女友，但卻與 Associate 發生不恰當的關係，或者女
Senior 勾引 Manager 或高層，以身體上位，亦有一些同
事因為愛情的錯覺而發生不忠行為，所以出軌，婚外情的事
例，更是多不勝數。

你們可能認為這些情況只發生在公司的正式員工身上，但
事實上，這些類似的情況亦發生在 Interns 身上。由於大
家工作時間太長，相處時間增加，有些 Interns 一入職，就
迅速被 Seniors 私有化。

有一位 Intern A 和男性 Senior 在內地單獨出 job，彼此
產生了愛的火花。Senior 主動與他交往十年的女友分手。
更令人驚訝的是，Intern A 在豬肉枱對其他同事詳細描述
她男友的前女友如何傷心欲絕地痛哭，並不斷抱怨前女友
對男友的不體貼。

在正常情況下，最低 grade 的同事應該負責替全 team 人
佔豬肉枱坐位，但 Intern A 卻經常遲到，所以男 Senior
會親自幫全 team 佔位。為了補償他，Intern A 會幫他買早
餐，並當眾餵男友食早餐，甜蜜非常。

Intern A 借 Senior 上位，她的態度簡直比 Senior 還要氣
焰。同 team 的 Associates 不只要討好 Senior，還要討
好比他們能力更不濟的 Intern A，單單想到這裡，就覺得
wok 爆！

有時候，我們很難分辨兩個人走在一起是因為利益關係，
還是純粹的喜歡，或者只是在長工時下所產生的一種愛情
錯覺。

對女 Associate 來說，男 Senior 的學識和處事能力都在自己之上，而且女生傾向於喜歡擁有權威和工作能力出色的男生，所以只要男 Senior 並不是特別令人討厭，喜歡上他亦不足為奇。

對男 Senior 來說，有一個女孩崇拜自己，可以完美滿足自己大男人的願望，所以只要女 Associate 的外表不差，要建立一段關係並不難。

可是，這種愛情的錯覺是否能有一個好的結局，就取決於雙方的努力。在愛情的初期，總是美好的，但隨著時間的推移，相處中的摩擦和挑戰也變得更加明顯。當批評比讚美更多時，我們該如何處理彼此的關係呢？這需要雙方共同努力和溝通，學會尊重彼此的觀點，處理衝突，並尋找解決問題的方式，亦要彼此包容和妥協，以維持一段良好的關係。

或者這種愛情的錯覺，也可以當作是一種愛情的緣份呢？公司的環境就是給予單身人士有更多不同的選擇，即使是愛情錯覺也好，愛情到最後還是依靠著雙方的努力⋯⋯

33・世界之癲

在四月初，能力哥指派我負責一家上市公司的 audit，我們稱這間公司為世界之癲，這是一間製造業的公司，而且地點相當偏僻，所有的外送平台都不提供服務，幸好還有一家餐廳願意為我們提供外賣服務，所以我們每天加班只能吃同一家餐廳的外賣。這個情況已經持續了三年，有時候我不得不佩服自己的耐心和堅持。

四月中，我（Senior Year 1）和能力哥（SIC，Senior Year 3）和朋友妹（Associate Year 1）一起去上海出三個星期的 business trip。

朋友妹之所以有這個稱呼，因為她的朋友遍佈天下。她每逢星期五至星期日，總會外出約朋友，只留下我和能力哥。有一次，能力哥忍不住好奇地問：「你作為一個北方人，你在上海怎會有這麼多朋友，而且每週末都外出玩呢？」每次朋友妹聽到能力哥的疑問，只是微笑了一下，匆忙赴朋友的約會。

這家公司的 annual audit 時間表有點緊湊，除了因為它擁有 100 家子公司，所以無論是做 testing 或是 working 的數量都相對較多，而且 client schedules 亦過於複雜，因為 Client 很多時候只是簡單地複製數值，我們無法追蹤其來源，所以我們花費了不少的時間 review client schedules。再者，處理它們的銀行詢證函也很繁複，有太多不同的理財產品需要確認，所以需要一個 Senior 去處理。

我和朋友妹分工合作，她主要負責抽 sample 做 confirmation 及做 revenue testing，而我就負責處理餘下的 working 及 inventory testing。可是，朋友妹

只有兩個星期的 booking，因為她需要回香港參加 QP workshop。雖然，我們的 field work 為期三個星期，但扣除勞動節假期，實際的工作日數只有約兩個星期左右，所以朋友妹的工作時間更短，只有約一個星期多。

白天我忙於處理 confirmation 和 testing，而晚上則專注於解 fluctuation。我每晚工作到凌晨三點，然後第二天早上八點半就起床準備上班，忙到不可開交。

在晚上時，我常邊工作邊觀看孟爺爺的相親節目《非誠勿擾》，再跟能力哥分享《非誠勿擾》的愛情故事，畢竟逗 SIC 開心也是我主要的工作之一。儘管工作繁忙而乏味，但如何在這樣的環境中找到一點樂趣，令我們在日復日的工作中得以堅持。

兩個星期後，朋友妹需要回香港參加 QP workshop，顯然她所有的工作和 confirmation 都交由我處理。可是，我們的 field work 只剩下一個星期的時間，沒有了朋友妹，我的工作量翻倍了。

因此，白天我忙於處理 confirmation，晚上就處理 testing 跟解 fluctuation。在深夜時分，我還在 client office 用手機填寫順豐快遞單，看到桌面上堆滿了 100 多封待寄出的 confirmation，我就感到沮喪非常。只是無論多沮喪，到最後應該要完成的工作，在 off field 前一刻，還是要完成的。

自從升任為 Senior 後，我深深體會到薪水的增長只是因為我們需要同時承擔 Associate 的工作量，從做 testing，處理 confirmation，到解 fluctuation，處理 issues，也要一拼處理好。

當我還是 Associate 的時候，總是羨慕 Senior 的權力和薪水，但當我晉升為 Senior 後，我又開始羨慕那時年青又天真的自己，因為當時承受的壓力相對較少。至少我只需要向 Senior 會報，如果我面對什麼問題，我還可以依賴着 Senior，只是那些年我拼了命的渴望成長，卻沒有好好珍惜那些年還有 Senior 保護的時光。

34・有無開冷氣，你都要加班

經過三個星期的上海 field work，我們一同前往世界之巔的香港 client office。今年香港 field work 的 teammate 有能力哥（Senior Year 3），佛系姐（Senior Year 2），我（Senior Year 1）和中大妹（Intern）。

世界之巔的 field work，除了伙食不理想外，也沒有其他公共交通工具可以直達 office，我們每天只能搭乘早上 9:10 由葵芳開出的公司車去 client office。

Auditors 通常習慣在上午 10 點左右才上班，但這隻 job 明顯挑戰了 Auditors 的底線。昨天我們工作到凌晨兩、三點才下班，但六至七個小時後，我們又需要在葵芳集合。對於一向喜歡賴床的我來說，每天同事都見證我以世界跑步冠軍般的速度奔向集合地點上車。

第一天在集合點，我本來就站在佛系姐和中大妹旁邊，但由於我的性格比較內向，沒有主動跟她們聊天。

佛系姐問中大妹：「她去哪？還沒有見到她？公司車不會等人的。」之後，她打電話給我，電話鈴聲就在她身旁響起。

她呆呆地看著我，我只好笑著說：「嗨！我就是你們要找的 teammate！我還以為你們認得我呢？」

佛系姐目無表情又帶點佛系的態度回答：「你的樣子和 staff card 都不吻合，連 WhatsApp 的照片也對不上呢？」

我苦笑了一下說：「你是想說三個地方都不吻合吧！」

在如此尷尬的場景中，幸好客戶要求我們早點上車，才能解脫如此尷尬的局面！

佛系姐之所以有這個稱號，因為她是我遇過最佛系的同事，毫無野心，只希望平穩過日子。在這個充滿明爭暗鬥的公司環境中，她佛系的性格與這裡的文化形成了鮮明對比。一開始與她相處時，我覺得她有點沉悶和正經，但後來才發現她背後有一個有趣的靈魂。而且，更令我意想不到的是，一個曾經對我說「三邊都不吻合」的同事竟然成為了我的好朋友。

****

客戶帶領我們走進 audit room，這是一間非常狹窄的房間，只放了一張桌子和五張凳子，就沒有多餘的空間可以移動。唯一的窗戶也必須關上，因為外面工廠機器的噪音實在難以忍受。窗戶上還安裝了鐵枝，整個環境給我一種鐵窗邊緣的感覺。這就是我將要進行三年 audit 工作的 audit room。回想起初進公司時，我總幻想著 client office 有多美侖美奐，但事實上我們只是在不同的工業區中游走。世界總是不似你預期的……

早上我們剛抵達 audit room，Client 已經給我們一張外賣紙。如果我們不想在中午挨餓，最好先下單。因為整個區域只有一家餐廳提供外送服務，而且餐廳要求我們要在早上 10 點前下單。

「你們吃什麼？有什麼推薦嗎？」我拿起外賣紙向佛系姐提問。

「我們自己買了外賣，你選吧！」佛系姐輕輕一笑地說。

「你有試過白汁雞皇飯嗎？好吃嗎？」我再問。

「還可以，跟一般的茶餐廳差不多。」佛系姐回答說。她剛

說完這句話，身邊的同事就忍不住偷笑了一下。

下午，我的白汁雞皇飯終於送到，外觀看起來還算正常，但當我嘗了一口時，卻發現白汁有點微酸。我終於明白為何她們之前偷笑了。

「這個白汁雞皇飯還不錯，只是汁有點微酸。但整體的味道還挺特別的，只是你應該提醒我一下！」我輕笑著對佛系姐說。

「你沒有親身經歷過，是不會理解的。」佛系姐微微一笑。

****

雖然佛系姐是 Senior Year 2，比我大一個 grading，但真正有決策權的還是能力哥。接近黃昏時，我們突然收到能力哥的訊息：「我過一會兒會落 field，你們從今日開始要加班了！」這意味著我們不能準時在 6:15pm 搭公司車離開，只要一想到在這個鬼地方加班，就覺得恐怖。

到黃昏時分，我再次詢問大家想要訂什麼外賣，因為外賣必須在 6:15 之前下單，否則我們又要餓肚子了。

「炸雞脾+沙嗲牛肉米粉 ＋ 奶油多 ＋凍檸茶」佛系姐說。

我毫不猶豫地選擇了和佛系姐一樣的餐點，因為我中午已經被白汁酸過一次，我可不想晚餐也遭受同樣的命運。

令人難以置信的是，我吃了相同的餐點整整三年。當然，我有時候會感到厭倦，但當工作非常忙碌的時候，其實吃什麼已經不再重要，我只想盡快完成工作。

****

大約到了晚上七點的時候，冷氣突然關了。

「冷氣的總開關在哪裡？我去開一下。」我問。

「這裡晚上通常都會關冷氣的。」佛系姐冷靜地回答。

「但現在是 31 度高溫，如果關了冷氣，我們怎樣加班？」我帶著一絲恐懼地問。

「你可以用同樣的語氣問能力哥。」佛系姐平靜地回答。

到了晚上八點，能力哥一抵達 client office 後，便一言不發地開始工作。

「你感覺到有點熱嗎？」我鼓起最大的勇氣問能力哥。

「如果你覺得熱，就去前面搬一部風扇來用吧！」能力哥回答。

即使按照他的建議，我還是汗流浹背，皮膚亦因為汗水而發癢。佛系姐和我都坐立不安，但我們看到能力哥專心工作，也不敢再說什麼。

至少我知道，無論室內溫度是 31 度還是 33 度，即使完全沒有冷氣，我們也沒有拒絕加班的藉口……

35 · 如果有愉快審計呢？

我在這個 engagement 的主要功能是調和 team 的氣氛。當氣氛變僵，或者 SIC 過於認真工作的時候，他們需要一位搞笑的同事，為他們帶來一點點趣味。因此，能力哥常取笑我：「你一直都是我們的親善大使。」

有一次，我們用餐時，場面寂靜得能聽到蚊子在耳邊嗡嗡作響。為了打破沉默，我問中大妹：「中大是不是有一座朱銘的雕塑，如果穿過它就不能畢業？」

「你又不是中大的學生，你問這個幹嘛？」中大妹冷冷地反問我。

我們的氣氛又再一次凝結到冰點，為了延續話題，我又接著說：「你知道嗎，我一直都想讀中大，所以才問一下！」

「唉，我好想睡啊！昨天只睡了幾個小時，testing 好像永遠都做不完，我到底什麼時候才可以 off booking！」中大妹搖了搖頭。

「你要加油啊！」我真誠地看著中大妹。

「加油加油，我們都支持你。」佛系姐也跟着和應。

「不如你們幫我做 testing？」中大妹 bling bling 眼望着我們。

「跟你說加油的人，都不會幫你的。」我笑著說。

「公司給你學習的機會，你要好好把握！」佛系姐一本正經地說。

「你們聯合一齊欺負我。」中大妹用幽怨眼神看着我們說。

「你確定要一個 Senior Year 1 和 Senior Year 2 幫你完成 testing 嗎？在這裡沒有人會幫你完成你應該要完成的工作，最終你只能靠你自己。我們不想欺騙你，也不想用任何假象來掩蓋真實的情況。」我坦白地說。

「你畢業後，會否再做 audit？」佛系姐問。

「不，除非我畢業後找不到其他工作，否則我不想再做 audit 了。」中大妹肯定地搖了搖頭。

「如果你回來，我一定會安排你做這隻 job。」我微笑著說。

「以前剛認識你時，覺得和你一起工作應該會很輕鬆，但我現在看到你工作的樣子，變得那麼認真，又有點嚇人，我不想再和你一起工作了。」中大妹天真地看著我說。

「別擔心，就單憑你這句說話，以我小氣的性格，你回來的時候，我一定會 book 你！」我笑著回答。

及後，中大妹畢業後果然回來做 Associate Year 1，而我當時已經是 SIC。她那麼傑出，當然脫離不了世界之癲這隻 job！

鑒於中大妹已經無法應付過多的工作量，能力哥決定 book 另一位 FS 的 Associate Year 2，名叫有錢仔，來幫助我們。

他第一天落 field，已經全身 full suite，顯然和這裡的環境形成了鮮明的對比。接下來的每一天，他都堅持全副武裝的打扮。考慮到這裡冷氣不足的情況，我對他的堅持非常敬服。

在我們第一次見面，我直接問他：「你坦白告訴我，你是否RP ？」

「什麼？當然不是啦！」他吃驚地回答。

「但是我感覺到你好有錢喔！」我盯著他，直言不諱地問。

「我沒有錢啊！」他無奈地說。

因此，我們就與這位有錢仔一同工作。果然他是一位 RP，他的父親是某上市公司的老闆，他用 RP 關係取得這間公司的 offer。他家在中環的半山區，父親希望他能變得更加堅毅，所以要他在 audit 工作中磨練自己。他為人不單止沒有高傲感，還很親切。

六月的時候，世界之癲開始愈來愈 wok，每天都要處理數之不盡的 working，還是拆 consolidation notes，每天也忙不過來了。

世界之癲的 Finance Manager 叫做「姐姐」，她負責做所有 consolidation schedules。她是一位典型的 Client，只會對 SIC 和 Manager 有和顏悅色。如果 Associate 或 Senior 向她提出問題，或只是想做簡單的 reclassification adjustment，也會被她罵，而且她聲音洪亮，整個公司都能聽到她罵人的聲音。

有一次，我做 adjustment 時沒有將小數點後兩位加上，結果被她罵了好幾分鐘，「你這樣做是不對的！」，「阿妹，做 adjustment 不能馬虎，不能得過且過！」，「你回去重做！」

「是的，我錯了，你不要生氣！我回去立即改正。」我只好順從她的話。

及後，我變成這隻 job 的 SIC，她對我的態度改善了很多。有時我也有做錯事，要跪玻璃反思的時候，但至少她願意相信我的專業判斷，而不是一聽到我提出的做法就立刻反對。

在 announce 前的最後一個星期，我們基本上每天都通宵達旦地加班，加緊追趕進度，盡力完成未完成的 working，及不停修改 AC report，Announcement 和 Annual Report。可是，即使我們好 wok，但我們的笑聲都沒有停止過。

「做 Senior，可以有 Senior 的樣子嗎？整天跟同事一起開玩笑！」能力哥看著我和佛系姐認真地說。

即使到現在，我仍然認為和同事一起愉快地做 audit 是沒有問題的。無論我們是 Senior，SIC 或是 Manager，我們也不需太過嚴肅。我們要認真對待工作，但這並不意味著我們不能在工作的時候開玩笑。如果一天已經要工作 15 個小時，我們還要保持嚴肅，那會非常辛苦！

36・只希望我們都不忘初心

經過世界之癲的 announcement 後,我再次回到鋼鐵肉餅做 interim review,今次我終於變成了 SIC⋯⋯

鋼鐵肉餅在廣州有一個新的房地產收購項目,需要同事在內地進行三個星期的 field work。我和另外兩位 Associate 會留在廣州,處理這個新的收購項目,所以我決定派叻仔和另一位 Associate Year 1 前往北京進行一個星期的 field work,然後再跟我們在廣州會合。

我在廣州出 field 的期間,我聽到一位 Associate 抱怨他們在北京的居住環境非常惡劣。Client 只為叻仔他們預訂了一家賓館,該賓館的環境簡陋不堪。室外溫度高達 35 度,但賓館大堂只有一把風扇,甚至沒有冷氣。更糟糕的是,當 Associate 扭開淋浴間的花灑時,立刻有一隻蟑螂跑了出來,嚇到那位 Associate 差點昏倒。

「你們的酒店如何?」我打電話直接問叻仔。

「還不是老樣子!」叻仔回答。

「我聽說你們居住的環境非常惡劣,還有蟑螂四處跑。我很想知道為什麼我不是從你口中聽到這些,而是從其他人口中得知。我希望你尊重我是你的 SIC,如果有什麼問題,你應該第一時間向我匯報。我想知道是 Client 作弄你們嗎?我們向 Client 反映,要求他們幫你換一家酒店。」我冷冷地說。

「即使我告訴你,情況會有改善嗎?我們下飛機後,Client 已經替我們四處奔走尋找酒店,但所有的酒店都不願意接待外地人,只有這家賓館肯租給我們。」叻仔嘆了口氣。

「即使我幫不了忙，但我也有權知道你發生了什麼事情！下次不要再隱瞞我，即使我無法解決問題，我們是一個 team，我仍然可以幫你分擔壓力。」我認真地說。

在這一星期裡，我和叻仔每天都通話去討論 working 和工作進度。一星期過後，他們來廣州 field 與我們會合。

我一向的 approach 是一層一層捽落去，所以我會直接捽叻仔，叻仔再捽落去 Associate 度，我就可以有時間處理重要的 issues。

那時，我們 team 有一個名叫大男人仔的 Associate Year 2，他與叻仔是同 grade，但他的能力還不如一位 Intern，每次我 coach 他就覺得頭痛，所以我需要叻仔的協助，讓他 coach 大男人仔及其他 Associate。

在忙碌的工作中，我看到叻仔非常仔細和有耐心地教導像一張白紙的 Associate 們。即使 Associate 反覆提出相同的問題，他從未發脾氣，只是微笑著並耐心地解答問題。

我輕聲對叻仔說：「我很欣賞你，如果是我，我可能早就發脾氣了。我知道你將來會是一位好的 Senior 和 Manager。只希望將來你還記得 coaching 的重要性，不會將下屬的努力當作是理所當然，亦懂得尊重及體諒你的下屬。」

叻仔笑着說：「你知道我在不久的將來會離開公司？」

我微微一笑：「無論如何，我希望即使你在事業上越來越成功，也能保持著初心。」

當我們逐漸攀升至更高的位置時，有時會遺忘了初心，開始忽視同事們的努力，再無限放大自己的影響力，卻忘記

如果沒有底層的同事，有誰來處理一個又一個的 testing
和既繁瑣又重複的工作呢？

只希望我們都不忘初心就好了……

37 · 跟鋼鐵肉餅說再見

在鋼鐵肉餅 Interim review 的工作完成了一半時，我們突然收到公司即將辭去作為鋼鐵肉餅 Auditor 一職的消息，因為鋼鐵肉餅太過 high risk，所以公司希望避免在接下來的一年出現任何問題。

稍早前，我還在思索著如何跟 Manager 提及轉 job 的事情，期望能夠被能力哥 book 到紅高粱房地產的 engagement。然而，現在卻在毫無預兆的情況下，不得不與鋼鐵肉餅說再見。對於鋼鐵肉餅這個 engagement，我一直都是又愛又恨的。

從事會計講求的是理性，每一個數字都有相對應的 supporting documents。即使在工作中我必須保持理性處事，我也無法避免有感性的一面。人的情感總是極其複雜的，不像簡單的數學算式那樣只是 1+1=2。

以前，我常以為我非常討厭鋼鐵肉餅這個 engagement，到真正要與它說再見時，原來，我沒有想像中的興奮……

這個 engagement 見證了我的成長，由 Associate Year 1 只是做著銀行詢證函和 testing 的工作，到 Associate Year 2 開始帶 job，每一張 working 都由我去創造，每一張 working 都有我的心血，每一張 working 都見證着我工作到凌晨的時光。

曾經，我想過放棄，想過轉 job，覺得這個 engagement 已經沒有學習價值了。然而，當它真正從我身邊消失的那一刻，我並沒有像想像中那麼興奮，相反地，內心湧現出種種複雜的情感。

我回想起許多第一次的經歷……

想起在香河只可以食肉餅；

想起睡衣派對哥曾經說過：「如果我們還沒有完成工作，就會被打到變成鋼材後花園！」；

想起第一次做 PUD 和 COGS 的興奮；

想起每一餐飯的無聊話題，從天南地北的閒談，再轉向我們自己的感情經歷；

想起每一個加班的晚上，總有你們的陪伴。

這五年的 audit 生涯中，我最不捨得的 engagement，一定是鋼鐵肉餅，因為在這裡，我遇到了許多出色的 teammates，你們讓我明白到我不是一個人在奮鬥，因為我有你們在身邊。

38 · 如果可以，我想堅持自己的原則

今次世界之癲的 interim review 是由佛系姐 in charge，因為能力哥已經升上經理，我跟佛係姐亦同時晉升為 Senior Year 2 and Senior Year 3。

能力哥一向都不滿意佛系姐，他多次跟我說佛系姐用佛系的方式 in charge，根本無可能準時交到功課，更加與公司 chur 到盡的文化不一致，所以他沒有信心佛系姐能勝任 SIC 一職。我理解所有的理由不過是藉口，簡單一句話就是「不喜歡」，所以即使佛系姐多努力也沒有用。

這一個月的 Interim booking，主要處理最新 HKFRS 9 披露，及評估 HKFRS 9 對公司的影響。

大公司有資源當然可以建設新系統去計算 Expected Credit Losses ("ECL")，但小型的上市公司卻沒有資源做東做西，Client 更不懂得如何計 ECL，每次交給我們的 ECL schedule 也是錯漏百出，而且每隔兩天又重新發一個新的 schedule，我們的 report 又要重新大改一次。

11 月本應該是輕輕鬆鬆的時候，但我跟佛系姐卻在 office 加班到凌晨四至五點。每日傍晚六點時，能力哥命令我們今晚改完數後，明早將最新的 Interim report 放在他枱面，所以我們食完晚飯就踩足油門，努力去改數，期望可以早點下班。

有天凌晨三點的時候，佛系姐的眼皮愈來愈沉重，她忍不住睡意地說：「我睡 15 分鐘就起身工作。」

但過了 15 分鐘，她還在睡，我細細聲在她耳邊說：「你再不起來，我只有兩隻手處理不了那麼多工作！」

她無奈地嘆了口氣：「我好想睡，我們每天放凌晨五點返早上九點，到底我們改數的生捱何時才完結，我完全覺得被能力哥戲弄！」

我微微一笑：「很明顯吧！可是我們連對戲弄說不的權利也沒有！只要我們撐過 announcement 就行，所有的戲弄，都會解決的。」

****

在 Announcement 前兩星期，能力哥找我單獨談 performance。

能力哥淡然說：「你這幾年都拎 high pay，我想你今年都以 high pay 作為目標吧！」

我淺淺一笑地說：「可以取 high pay，誰會想取 normal pay 呢？」

能力哥挑眉反問：「你的 SIC in charge 的能力一般，但你絕對可以比她做得更好，你是聰明人，你知道應該要怎樣做才可以保住自己今年的 high pay ？」

我沒有答他，只是簡單點了一下頭，就離開了。

我理解能力哥說的話，他提醒我，這是一個很好的機會去表現及證明自己有 Senior Year 3 的能力，同時值得一個更高的 rating。

我心底裡很明白，他的建議是正確的。可是佛系姐是我的朋友，我不願意 override 我的朋友去上位。我明白選擇佛系姐的陣營，代表我不能再取得能力哥的支持，

更不要妄想能做到能力哥 in charge 的紅高粱房地產 engagement。

每個人都渴望有更好的 rating。在這間公司，踩著別人上位的同事比比皆是，我知道這不是一個很理智的行為，但我想人生除了 high pay 外，還有一些東西值得我們追求的，還有一些價值觀是我們不想背棄的。

最終，我選擇堅持自己的原則，忠於我的好朋友，當然這一切都需要付出代價。即使後來我發現，沒有 override 她也改變不了什麼。及後，能力哥還是 release 了佛系姐。儘管如此，我仍然堅信當時的決定是正確無誤。

39・應該要離開，還是留下來？

晉升為 Senior Year 2，最苦惱的一件事，就是決定去或是留。到底應該留在這個熟悉的地獄，還是應該出去闖一下呢？

隨著晉升和加薪，小妹的月薪從之前的 3 萬多大幅提升到 4 萬，這個薪資轉變，令不少同事都選擇離開，出去闖一下。

做 audit 的辛酸只有做過 audit 的人才懂，那種既無助又不知為何要堅持下的感覺久久不能消散。大家做了三年 audit 後，對這個行業已經死心，既然大家都改變不了這個行業的困境，那不如改變自己罷了，而最好改變自己的方法就是辭職。

而且，有些同事覺得月薪四萬是一個不錯的水平，即使跳出 commercial 做 Assistant Manager，也可以逐步晉升加薪，無需要勉強自己在這個無間地獄中苦苦掙扎。

因此，一升 Senior Year 2 就是離職的旺季，那些你意想不到的同事紛紛辭職，當然包括我不少的 batchmates，及跟我最友好的免免好友。為何叫她免免好友呢？因為我們大家都很喜歡卡娜赫拉，還會互送卡娜赫拉公仔給對方。

小妹本身是一個很慢熱的人，亦很少主動跟別人聊天，多虧有她的主動，我們才可以成為好朋友。

她是我的 tablemate，第一天入 firm，我們被分配到同一組上 training，所以她是我入 firm 第二位認識的朋友。

她是一個很直接的人，我們總會不停的嘲諷及取笑對方，

每天就在打打鬧鬧中度過。當然她除了是我好友，還是我主要的飯腳，我們最喜歡去黃枝記吃午飯，因為她喜歡午市套餐送炒青菜。可是，在她離開那年，中環黃枝記也倒閉了。不得不說有些回憶，已經過了許久，久到經歷舖頭的變遷。

那年的 Peak Season，即使我們在不同的 engagement，但每到凌晨的時分，總會收到她的貼圖寫着「生存 — 我心中最美麗的兩個字。」，再彼此互相鼓勵。

大家都想知道怎樣在 Peak Season 生存，有時單單想到 Peak Season 兩個字，就已經頭痛，但原來要在苦不堪言的 Peak Season 生存，只是靠兩個字 — 朋友。

Peak Season 很難捱，但如果有朋友在的 Peak Season，就好像飲中藥加配陳皮蜜餞，雖然也很苦，但那種苦味，不再是你接受不了。

可是，她也在 Senior Year 2 那年辭職了⋯⋯

離開的原因，不外乎是因為再高的薪水，也抵消不了身心疲勞。當你在這間公司再看不見自己的將來，當辛苦與收獲不再成正比，當你覺得自己值得更好的時候，你腦海中不其然浮現了辭職的念頭。

同事總是苦惱何時離開才是最好的時機，我到現在還是覺得 Senior Year 2 或是 Manager Year 1 是最好的時機。

Senior Year 2 薪水不低，即使跳去 Commercial 做 Assistant Manager，也可以慢慢晉升。Manager Year 1，月薪大約有 6 萬左右，跳出 Commercial 做 Finance Manager 也是不錯的選擇，至少有比較有合理的工時和工作量。

除了有小部份人真的很喜歡 wok，大部份人留下來只是因為還未找到更好的 offer 而已。

有誰喜歡工作到凌晨三點？說到底，也不過是自己期望更高的薪水，但在經過市場的洗禮後，發覺自己的 CV 還未足夠取得一個更好的 offer，所以決定在 audit 工作多數年。

在這裡，有熱情的人，在公司看不到將來，選擇黯然離開，但得過且過的人，只希望工作多數年，取得更好的 offer，所以決定留下來。

每個留下來的人都有說不出口的理由，但是去還是留，就要你自己好好抉擇……

40．Coaching 比你想像中重要

自從公司辭去鋼鐵肉餅 auditor 一職後，我 Peak Season 的 booking 被能力哥安排在他 in charge 的紅高粱房地產。以前我巴不得做這隻 engagement，但時移世易，我明白我們中間的裂縫出現了，亦不容易修復。

因此，得知我的 booking 只到 2 月中，我大概明白發生了什麼事。簡單來說，我並不是這隻 job 的 SIC，他只是 book 我跑 field，所以我 2 月中開始就沒有 booking，Peak Season 沒有 booking，確實有點徬徨。

那時候我覺得再沒有動力再做下去，努力工作也沒有意思了。我全年大部份的 booking 也跟着能力哥，不說也知道今年的 performance rating 一定慘不忍睹，既辛苦又看不到未來，我現在還不如早日辭職好過。

我經歷了許多以後，再回望那一段的回憶，我很感謝能力哥的決定，沒有他那時的決定，沒有現在的我。很多時候，我們覺得事情很糟透，其實它反過來是一種祝福，只是那時的我，並不知道而已。

話說回來，紅高粱房地產的 field work，主要在江西和天津。今次跟我一齊跑 field 的有 Ca 妹 (Associate Year 2)，小鮮肉 (Intern)。小鮮肉稱號的由來，是因為男 Intern 生得眉清目秀，也很愛笑。

Ca 妹先跟小鮮肉飛去江西，而我隔兩個星期才飛過去。

在江西，我見到 Ca 妹貌似將隻 job 安排得妥妥當當，但當我打開 working paper，卻發覺空空如也，加上每次小鮮肉問她問題，她都極不耐煩，連小鮮肉也怕了她，我已經

心知不妙。

我發信息給小鮮肉，叫他今晚來我房間，我想跟他私下聊聊。

晚上八點，我的門鐘響起，我一打開門，小鮮肉面帶笑容站在我門前，但我看到他兩手空空。

我笑著問：「你部電腦呢？」

小鮮肉錯愕了一下：「你不是跟我說要談談嗎？我就無帶電腦。」

我笑著說：「不如你返房拿電腦再回來？我想看看你到底學了什麼，又有那裡不懂。」

及後，我跟他坐在梳化聊着，主要想知道他在做那些 working，又遇到什麼問題。

他說了不久就雙眼通紅，眼淚不停的流下來。真的，我做了數年 audit，也從未遇過會在我面對哭泣的同事，我當時完全反應不過來，除了為他遞上紙巾，我什麼也不能做。

他垂頭喪氣地說：「我知道不應該求你教我怎樣做，我應該問高我一個 grade 的同事，但我問完她，她好像完全不懂怎樣做，她次次教我的方法都不同，同一個 testing，我重覆做了三次，但我還有很多 testing 未做。對不起，我真的盡力了，但我真的不懂如何做。這三個星期，我很大壓力！這間公司的名氣很大，但人事太複雜，上級亦很難頂。如果你早點在這裡就好了，我想經過今次以後，我不會再回來！」

即使我帶 Intern 的經驗豐富，但從來未遇過今日的狀況。

我聽到他不停跟我說對不起，聽到我個心很酸。我很想跟他說，即使工作多辛苦也好，也不應該對你的生活做成困擾。

我勸導他說：「其實每個人都很忙，但有無時間做 coaching 就完全是 priority 的問題，我覺得即使多忙也好，Senior 都有責任做 coaching。如果你不懂怎樣做，又如何做得快同做得好呢？」

之後，我由最基本的概念開始教他，教他什麼是 audit 及 audit procedures 應該要怎樣做。

如果你問我用數個小時 review working，再加上做數個小時 coaching，是否值得呢？

我會答你：「很值得，因為 We are a team！」

由以前，到現在，我都無變過⋯⋯

41．天津的 field work

完成了江西的 field work 後，我跟 Ca 妹飛到天津繼續跑 field。

天津的酒店只可以用恐怖兩個字來形容，先談一談浴室。2 月的天津只有 2 度，但熱水爐壞了，只可以沖凍水涼，那種透心涼又凍到震的感覺，我覺得自己快頂不住了。

浴室裡只有浴缸，洗澡時我加了酒店提供的防滑地氈。一開始還沒有察覺有任何問題，但慢慢發覺浴缸水浸，說時遲，那時快，水位已經去到我小腿的位置，再看一下去水位，全部塞滿頭髮，而且防滑地氈上有他人的血漬，血漬亦慢慢流入水中，嚇到我即刻跳下浴缸。

在房間右邊，近窗口的位置，有一張紅色絨毛梳化，我一坐下去，就全身痕。睡覺的時候，更發現床單上有污漬，我只知道為了安全和衛生起見，我還是什麼東西也不要碰為好。

在內地跑 field 的住宿並沒有你想像中美好，未入職前，我們都以為出 job 會住五星級酒店，但其實你不用住連鎖酒店，就已經很幸運。當然，就我而言，連鎖酒店亦不算太差，我曾經住過一個星期的公寓，那裡的衛生情況完全顛覆了我的想像。

天津分公司的 audit 工作非常繁忙，時間更緊迫。我本身已經忙到不可開交，但突然聽到 Ca 妹要辭職的消息。她表示無法忍受這隻 job 了。她立即打電話給能力哥，表示如果不能調到其他 job，她會立即辭職。能力哥無法阻止她，於是 Ca 妹回到香港後轉到了一份比較輕鬆的 engagement，以後都無再 wok 過。

大半年後，我發現 Ca 妹請了長假，才發現她早已懷孕，這才是她申請做 hea job 的原因。

其實，她想轉 job 是可以理解的，但如果早一點告訴大家，至少我們可以預先安排其他人接手，不至於現在大家都要共同分擔她的工作量。

42 · 未來總是意想不到

我在紅高粱房地產的 booking 只到 2 月中，正常的 engagement 也不需要在 2 月中突然加插一個 Senior Year 2 去做 in charge 的工作，所以公司提議我過去 FS 幫手，餘下一個半月的 Peak Season，我會做 fund 及 Insurance 的 engagement。

當然我沒有選擇的餘地！那時候，FS 還沒有現在的光環，對我來說，我還是寧願留在 Non-FS audit 好過，畢竟我在 FS 沒有任何人脈，亦不懂 FS。他們不會願意 book 一個 Senior Year 2，但只有 Associate Year 2 的能力吧！

可是人生就是這樣，可以輕易給你估到後續發生什麼事，就不叫做人生的了。

我那時的不滿及憤怒，每天都質問自己為何還要留下來。

過了數年，經歷了許多再回望過去，這一個半月 FS 的 secondment，幫我將來找到一份好工作。當時的我無法預料到現在的我會非常感激那些年的流放，感謝這個時候的自己沒有放棄，感謝那時所遇到的一切。

如果你正在經歷既迷失又難過的日子，請相信有一天你會感謝自己從來沒有放棄過，感謝所遇到的一切，因為沒有以前那個艱難的時刻，沒有現在的你。

第一隻 FS Fund job，只有我，文哥（Associate Year 2）及日本妹（Intern）。看了四十多個章節，如果你們心水清都會明白我將階級低過我的同事稱為「妹」，「仔」，將高級過我的同事稱為「哥」，「姐」。 可是，為何文哥明明只是 Associate Year 2， 但我卻稱他為「哥」呢？因為 FS 跟

Non-FS audit 的工作真是差太遠，自己作為一個 Senior Year 2， 但我不懂的東西何其多，而文哥卻耐心教我所有 fund 的基本知識，沒有他，我怎能 in charge 這隻 job 呢？

文哥雖然作為 Associate Year 2，但不會為做而做每一個 audit procedures 和 workdone，反而認真理解背後的原因，其實這個行為本身已經很了不起了。

人的性格或工作模式一早已經定型了，你觀察一個 Associate Year 2 或者 Senior Year 1 的工作模式，大約會猜到他 / 她將來會是怎樣的 Manager。

Intern 是一位日本美女，但她既不懂用釘鞋機，即使我叫她 scan 文件，她也可以 scan 上兩小時以上。當然 coach 她的責任就落在文哥身上。

我露出狡點的笑容：「可以單獨 coach 美女，開心嗎？」

文哥搖搖頭：「我未見她前，覺得女人的外貌比她腦袋重要，但認識她之後，發覺女人的腦袋才是最重要，我就快被激死！」

我恥笑說：「你是第一個我認識的男生，覺得女人的腦袋比她的外貌重要。另外，你可否教她怎樣用釘鞋機？她在文件上面釘了六個小洞，我有小小困擾呀！」

文哥嘆了口氣：「有一張 working，她做了三個星期，但正常人只需要做一天！」

我恥笑說：「你有機會跟美女單獨相處，你應該要感恩才對！」

文哥立刻瞪了我一眼。

這四星期的 booking，出了三份 accounts，而且 audit fee 亦高得很，老闆又不算多 Q，說實在已經很感恩。當然我們有趕 deadline 的時候，但整體來說不差了。

43・珍惜一個會提點你的同事

經過四星期的 Fund audit，之後我被安排負責一間保險公司的 audit engagement。我的工作主要是 review 同事的 working 和清 Q。

作為一個 Senior Year 2，但我對保險公司連基本的認識也沒有，我真的不知道自己可以做些什麼。

我想靠着 review working 學習，但我卻看到一知半解，想問一問同事，保險公司 audit 到底要怎樣做，但我的職級應該是 in charge 級數，我又不好意思去問如此基本的問題。

可是我真的不懂呀！每天也在困惑和迷惘中度過，如果我還在做 Non-FS audit 就好，至少不會像今天如此迷惘，至少不會覺得自己是零，是零呀！

我想像不了今天的我會感謝那數星期保險公司 audit 的經驗，沒有那時的 booking，我想當我選擇裸辭的時候，可能要花上半年或是一年的時間才找到工作。

那時候看似無用的東西，其實它並不是無用的，只是你還未看清楚它的用處而已。

到你明瞭以後，你會感激它的出現……

話說我第一天在保險公司的 field work，有一位女 Intern 目不轉睛地看著我，也太奇怪了吧！

午飯過後，她突然問我：「你是否某間大學畢業？」

我心中無比困惑，心想：「現在公司的系統有寫我在那裡畢業嗎？再者，我都畢業了數年，我無可能如此出名吧！」

她滿心期待：「你記得我嗎？」

我尷尬地笑了一笑：「你想聽真話還是假話？」

她開始有小小失望：「真話吧！」

我尷尬：「完全無印象！」

她失落地說：「上年大學的 recruitment talk，你代表公司做 recruitment，你跟我們談了很久，介紹這間公司，提點我們職涯的路向，你不記得了嗎？我終於有機會在這間公司做 Intern 啦！」

我默默嘆了口氣，心想：「阿姐，我每日都跟不同人聊天，我怎會記得你呢？」

我淺淺一笑地說：「說實話，我上年確實有做過 recruitment talk，亦有跟同學談了很久。其實我們這間大學在公司入面是少數族類，你這個 Intern offer 很不錯，要好好努力！」

小妹很喜歡跟 Junior 同事聊天，可能因為自己也在跌跌碰碰中走過來。如果那時有資深點的同事，提點下我，可能我走的道路會不再一樣了，職涯也會順暢一點⋯⋯

工作了多年以後，深深感覺到有資深同事肯提點你一下，是多難得的一件事情。在公司入面，大家的身份不過是同事，你有你的道路要行，他有自己風光明媚的大道要走，沒有人有責任提點你。一來他跟你只是普通同事的關係，二來

在職場上你虞我詐的環境，自己還未照顧好，那有心力去
提點一個不熟悉的同事呢？

如果你遇到一個同事肯指點你的錯處，建議你怎樣做，你
要好好珍惜，這個運氣得來不易的⋯⋯

44 · FS audit vs Non-FS audit

現在 FS audit 好像被光環包圍一樣，如果你想要比較好的前途，渴望之後跳入銀行或保險公司做 back office，或者想要一個比較好的薪資，FS audit 是一個好的選擇。

為了保障自己的前途，有不少同事剛入職 Non-FS audit 未滿一年，就華麗轉身跳去 FS audit，大家都渴望在 FS audit 工作數年後，可以找到人工高福利好的大公司 offer，但到底大家所描繪美好 FS audit 的前途，是真還是假呢？在銀行或保險公司工作是否令人趨之若鶩呢？到底我們應否由 Non-FS audit 跳去 FS audit 呢？

我們先討論一下 FS audit 的工作。FS audit 與 Non-FS audit 最大的不同在於，金融機構大多為大型公司，它們的經理或高層往往是從 audit 部門跳槽過來，因此財務報表出現錯誤的機會相對較低。此外，大型公司更願意投入資金建立或改善系統，自動化程度更高。因此，FS audit 在很大程度上也依賴於 Client 本身的內部控制，因此測試內部控制成為 FS Auditors 的主要工作之一。

而且，金融機構都被不同的監管機構監察，例如銀行的監管機構為香港金融管理局，持牌法團的監管機構為證券及期貨事務監察委員會，保險公司的監管機構是保險業監管局。各個監管機構都有其獨特的監管要求，因此 Auditors 的其中一項工作就是根據監管要求審閱客戶的監管申報表。

另外，只要 Client 發現任何會計問題，他們會直接通知 Auditors，並提供相對應的會計處理方法。當你以為 audit firm 有技術部門就很了不起時，大公司實際上也擁有會計政策部門。Client 只要遇到會計問題，都會先諮詢

會計政策部門，以將錯誤的機會降至最低。

相比之下，非金融機構客戶間的能力差異非常大，Auditors 可能需要進行大量的調整，才能使財務報表看起來真實且公允。

回到文中的重心，到底應否做 FS audit？

它不是一個簡單的問題，最後取決於你追求些什麼？

對於從事 FS audit 的同事來說，他們找 in house 工作，即使沒有 10 至 20% 的加薪幅度，大多數情況下薪酬並不會有所扣減。

相反地，從事 Non-FS audit 的同事，有可能面臨薪酬 discount 的情況。聽說 Manager Year 3 的薪水大約是 HK$68,000，但是 in house 可能無法負擔如此高的薪酬，可能會將其薪水降至 HK$50,000 至 HK$55,000 左右。同樣地，一些在 Audit Firm 的 Senior Manager，可能只找到 In house 的 Finance Manager offer，月薪大約在 HK$50,000 左右。

我並不是有意貶低 Non-FS audit，比起 FS audit，我覺得在 Non-FS audit 可以學到更多 technical skills，而且有機會 audit 不同的行業，好像房地產、建築、物流和零售等業務，我覺得比起 FS audit 更有趣，只是在搵工的時候，可能會面對多些挑戰。

當然，Auditors 在尋找 in house 職位時，薪酬取決於多個因素，例如運氣、市場需求和個人能力等等。薪水未必與從事 FS 或是 Non-FS audit 的經驗直接相關，但正常情況下，金融機構更願意以高薪來招聘人才。

至於在 In house 工作是否如想像中輕鬆舒適，主要取決於個人的運氣。而且，某種程度上薪水可以反映出工作量和壓力。世界上沒有免費的午餐，如果你想要更高的薪水，就必須付出相對應的代價。

我只能說，如果你只看薪水，FS audit 會是一個好的選擇。

45・還是我們曾經熟悉的公司嗎？

十年前還是強調着「親生」的年代，「親生」的優越感高漲。反之，Mid Join 被標籤為能力不足，畢竟他們不熟悉公司的 audit procedures，而且公司一向有喜歡「親生」，鄙視 Mid Join 的傳統。Mid Join 作為公司的少數族類，為了在公司生存，當然不敢明目張膽地表示不滿，只能試着迎合「親生」，討好「親生」。

時光流轉，當 audit 愈來愈 wok，公司環境愈來愈惡劣的時候，連「親生」也捱不下去，選擇頭也不回地離開。加上公司完全沒有任何留人的方案，反而任由這個情況發展下去。當然站在管理者的角度，以公司的名聲，本身就吸引到不少應徵者慕名而來，根本沒有留人的必要。

公司得知有同事辭職，循例挽留一下。如果同事堅持辭職，公司即刻請上祝福，同時命令 HR 出 post 請人。

商業社會就是冷酷且缺乏人情味，但為什麼我們總是關注 audit firm 解雇員工或人員流失的情況呢？為什麼我們對公司不保留人才、不重視員工的情況感到不滿呢？

因為我們不僅視 audit firm 為一家普通的商業機構。我們畢業後就在這裡工作，它更像是一所大學，一所社會大學。儘管我們要面對不同的客戶和各種挑戰，但我們一起成長，一起進步，跟同事的關係更像戰友。

在這個行業，加班費往往無法彌補實際付出的努力。有時候你加班了 30 小時，卻只能得到 2 小時的加班費。可是，為什麼大家明知道加班費永遠無法追趕加班的情況，還是毫不猶豫地加班呢？難道大家真的很喜歡工作嗎？

不是！只是因為大家的責任感都特別強，從不介意自己加班多久，只希望把目前的工作做好。

為公司，為客戶，為 announcement，工作到凌晨，捱過無數艱難的時刻，為的從來不是「錢」，只是為了「義氣」。

很可笑吧！但是真的……

Associate 看到 Senior 承擔著過多的工作量，根本無法完成所有的任務，便自願留下來幫忙分擔一部分工作。

大家為了完成未完成的工作，週末自願留下來工作。

公司最值得珍惜及最重要的資產就是人……

如果沒有了那些同事，沒有了捱義氣，沒有了同情心，這間公司或是這個行業，就再沒有什麼值得留戀了。

這也解釋了為何同事對公司不保留人才，甚至不珍惜員工的行為感到如此憤慨，因為他們為公司付出了很多，遠遠超過他們所獲得的回報。從同事的角度來看，他們只期望公司能更關心他們，更體諒他們的辛勞，但原來這一切都只是同事們的一廂情願。

當上位者從不聆聽我們的聲音，「親生」亦只能進行無聲的抗議……提出呈辭。

公司為了有充足的勞動力，不停聘請 Mid Join。可是他們入職後，卻發覺公司的 culture 太 wok，再加上公司的「親生」走得就走，根本沒有人教他們做 audit procedures。

老闆閱覽完 Mid Join 所做的 working 後，覺得 working

的質素每下愈況。Mid Join 孤立無助，在極大的錯敗感下，他們毅然離開。

因此，公司又開始了另一輪新的招聘程序，這使得公司的環境變得更加惡劣，導致更多人辭職。

以前，在一個上市公司的項目，團隊大約有四至五個人，但現在人手減少了一半。在嚴重缺乏人手的情況下，即使是經理也不得不親自參與實際工作，這是之前不太可能發生的情況。

公司數年前還是「親生」的天下，但現在「親生」的數目寥寥可數。而且，公司同事的斷層情況愈來愈嚴重，曾經有六成的 Senior Year 2 辭職，不少的 engagement 都缺少了 SIC 一職，沒有了 SIC，就只好找 AIC（Associate In Charge）代替，變相又 wok 走 Associate。

知識不能傳承下去，audit procedures 更是無人識，以前公司的文化由「親生」所構成的，現在也蕩然無存。

不過是經歷了數年的光景，但現在已經變得面目全非了，它還是我們曾經熟悉的地方嗎？

有點唏噓……

46・我們不過是機器組件

經歷過 FS audit 的洗禮後，踏入四月，我又重投世界之癲的懷抱。可是，在四月初，佛系姐在沒有收到能力哥任何的通知下，她的 booking 突然被 release。之後她收到公司的電話，繪形繪聲地描述 FS department 現在很缺人，問她有無興趣到 FS 幫手。表面上詢問，但實質上是不容她拒絕。

能力哥跟我說：「你現在就是 SIC，我的要求你很清楚吧！」

我緊張地說：「世界之癲同時有香港及中國業務，但我只有 audit 中國業務的經驗，香港業務一直都是由佛系姐做 audit。」

能力哥淡然的說：「你不用怕，中國業務才是精髓的所在。」

我跟客戶溝通好，由 4 月中開始，我們一行三人，我（Senior Year 2），安妹（Senior Year 1）及動物妹（Intern），連續三個星期，在上海進行 audit。客戶亦一早幫我們預定了酒店及機票。

可是，在出發前兩天，我在鼻樑的位置生蛇，可能太接近大腦神經，我感受到前所未有的頭痛及眼痛。我即刻跑去私家醫院漏夜做檢查，幸好沒有大問題，但醫生表明一定要好好休息。否則，後續問題許多。

翌日，我立即走過去問能力哥。

我不好意思地問：「我突然生蛇，我可否遲一個星期才去上海？醫生要我好好休息。」

他嘆了一口氣說:「現在機票酒店已經訂好了,你先跟 client 好好解釋,再重新訂機票和酒店。我理解你生病了,但你是 SIC,你的下屬對世界之癲的 audit 完全沒有經驗,可能你需要多指導她們。」

跟客戶聊完後,他們幫我重新預訂機票和酒店,還叫我多點休息,畢竟沒有人想生病,而且計劃總是追不上變化的。

這一個星期的病假,即使我沒有去上海,還是跟同事一直溝通著工作進度和指導她們。我完成了一個小 task,就在床上休息一會兒。當我看到鼻樑的紅疹和水疱,逐漸變為平坦的紅印,我由頭痛到快要爆炸,到只有輕微的頭痛時,我終於明白,沒有什麼比你身體健康更重要的,如果你都不好好照顧自己,沒有人會照顧它。空有事業上的成功,但沒有強健的體魄也沒有用的。

曾經我們都很努力地工作,但漸漸發覺自己不過是一件機器的組件,可有可無,即使沒有我的幫手,還有他及她,所以公司先不要急著問為何那麼多員工趕著辭職,不如問一問公司有無當員工是「人」?還只是當他們是機器的組件。如果員工連「人」也不是,就不要責怪他們辭職行動。他們只是想找回「人」之所以為「人」的基本尊嚴……

47 · 有些進度，錯過了，就追不回來

經過一星期的「休息」後，我搭飛機抵達了上海。

我來到上海的 client office，已經迫不及待詢問同事的工作進度，但她們只是呆呆地看着電腦螢幕，默不作聲。

我有點不耐煩地說：「你們寄銀行詢證函的進度如何？」

動物妹說：「大部份都寄出去了！」

我老懷安慰地說：「不如給我看看銀行詢證函的 control copy？」

我不看猶自可，一看就生氣。全部，是全部都錯填或漏填，應該要填的都不填，不用填的就全部填好，今次真是完蛋了。

我勉強壓著自己過大的火氣問安妹：「這些銀行詢證函是誰填？」

安妹說：「客戶填的。」

我問：「你們有無檢查過？」

安妹說：「我叫動物妹檢查過。」

我生氣地說：「她是 Intern，什麼都不懂，我已經叫你要指導她。現在所有銀行詢證函都填得不對，我見到還有很多 testing 沒有處理好，你們不如解釋一下這星期做了什麼？」

我再追問：「我想知道為什麼會填成這樣？安妹不是有 audit 過中國公司的經驗嗎？」

安妹不好意思地說：「這些公司只有銀行存款，沒有理財產品和抵押，所以簡單得很。」

我生氣地問：「我問你的時候，你沒有說你不懂，現在全部做錯。為何你們不一開始就提出問題？你們不懂，為何不找我？」

她們互相對望，默不作聲。

我嘆了一口氣，我知道生氣也沒有用，最後工作總要有人來做，所以我這兩天在 field 處理了近 70 多份的銀行詢證函。（註：以前 Auditors 要在銀行詢證函上填好所有客戶的銀行存款、理財產品及抵押之類，之後才寄去銀行確認。如果連第一步都填錯資料，銀行只會蓋章表示不認同。收到不認同的蓋章又要重新發一次銀行詢證函，真是麻煩之極。）

當然她們除了銀行詢證函外，沒有什麼處理過，亦只做了數個 testing，但我們有 10 間公司，各有 40 個 testing，總共有 400 個 testing。

此外，我們還要寄出應收帳款詢證函、應付帳款詢證函和存貨詢證函。我們處理完所有的詢證函也花去了大部份的時間。

這兩星期的 field work，過得一點也不輕鬆，每天在 client office 做到 12 點，才搭的士回酒店，再在酒店裡繼續工作到凌晨三、四點。

說好的酒店，不過是公寓。簡單來說，就是資金不足人士用三至四千人民幣就可以租住一個月，你就可想而知環境有多惡劣了。

枕頭是黑黃色，床舖是黃色的，我躺下後感覺有些癢癢的。書桌的椅子是紅色絨毛凳子，即使隔著空氣，也能感受到被蝨子咬的痕癢感。浴室有一條散發出惡臭味的下水道，我不得不關上浴室門才能入睡。每次打開浴室門，那股惡臭味馬上湧入我的鼻腔，整個房間都彌漫著令人難受的臭氣。

我立刻向能力哥反映了我們的住宿環境問題，他向客戶提出了投訴。因此，我們只住了幾個晚上，就在深夜時匆忙整理行李，搬到了一家正常的酒店。

這個公寓可以說是我住過最糟糕的地方，用「惡劣」來形容一點也不為過。

****

那時上海的氣溫只有 14 度，在 Client office 樓下有一輛流動燒烤車。他們正燒烤著熱騰騰的羊肉串和豬肉串。我一直很想嚐一嚐路邊燒烤的風味，但每次我有所行動，能力哥總會上前阻止我，因為他擔心有衛生的問題。

這次出差又遇到了那輛燒烤車，我不會再錯過這個機會！

我問動物妹：「你要串燒嗎？」

安妹一面擔憂地說：「有點污糟！」

我跟她做個鬼臉：「大不了明天 call sick，而且無論你 sick

leave 與否都要工作。」所以我們買了半份串燒做宵夜。說真的，這些才是我想要風味！

****

有一晚，我們搭計程車回酒店，我用半鹹半淡的普通話問動物妹（她是內地人，聽不懂廣東話）：「你平時喜歡做些什麼？喜歡玩什麼？」

動物妹興奮地回答我：「我喜歡玩男人殺！」

我立即傻了眼：「什麼？玩男人！怎樣玩男人殺，玩完男人再殺了他們？你曳曳呀！我又想玩！」

安妹忍不住笑了出聲：「她說狼人殺，不是男人殺。」

連司機也忍不住笑了出來，都怪我普通話太過普通了⋯⋯

****

快樂的時光過得特別快，因為能力哥終於落 field。他坐在 client office，立即打開我們的 working，發覺我們還有許多未完成。

他目無表情地說：「Workdone 呢？我想知道你們這數個星期做了什麼？」

我不好意思地說：「她們在做 working，我們已經每天都在加班，給她們多一點時間吧！」

他目無表情地說：「明天我們要 off field，你知道所有 working 都必需在 off field 前做好？」

我無可奈何地說：「我知道，我保證明天一早，所有 working 都會做完。」

他冷眼看着我：「有你的保證就好了！」

我們留在 client office 工作，通宵未眠，只為努力完成所有的 testing，確保所有的工作都能在 off field 前完成。

明早，能力哥打開 working，露出意料之內的神情：「果然如你所言，一晚全部做好，你怎樣做到？」

我淺淺一笑地說：「我想除了我們很厲害以外，我找不到其他原因！」

我心入面默默地嘆了口氣，難道我會告訴你，我們工作到天亮嗎？

48 · 做 SIC 太大壓力

完結了上海的 field work 後，我們又回到世界之癲的 office。Teammates 除了有安妹及動物妹外，還多了 3 位 Associate 幫手，其中一位是乾淨妹 (Associate Year 2)，她名字的由來是因為她太愛乾淨了。

每天晚上，世界之癲的 office 也會停止冷氣供應，廠房的氣味加上炎熱的天氣，本身就非常難頂，但是 Associate 要在 client office 做 vouching，所以被迫全 team 人也在 client office 加班。

可是，乾淨妹經過一晚的加班後，我隔天早上即刻收到她反對在世界之癲加班的信息。

「SIC，我不能再忍受在一個如此骯髒又臭氣熏天的環境下工作，對我的心身傷害太大了，所以我不會再在 client office 加班。」

我沒有回覆她的信息。

回到 client office，我叫全 team 留在 audit room，並關上了門。

「今天我收到乾淨妹的信息，她表示再也忍受不了在這裡加班，因為環境實在太惡劣了。」我說。

全 team 都注視著我，默不作聲。

「這是我第二年做這間公司的 audit，但也有同一種感覺，這裡惡臭氣味瀰漫、環境惡劣，特別是在半夜時，這裡彷彿變成了一個鬼域。你以為我喜歡來這裡嗎？你認為我不

想在公司裡，享受著 24 小時冷氣嗎？

大家都應該明白留在這裡的目的，主要為了方便做 testing。我們有大多的 testing，即使 Associate 做到半夜，還在檢查 vouchers 和做 testing。

我所有的工作也不用留在 field 完成，我可以留你們在 client office，自己回公司，但我沒有這樣做，因為我們全 team 應該共同進退。

我理解在這裡工作已經對乾淨妹的心身都做成困擾，但我們 audit 的時間又確實不足，所以我每天也設定一個 milestone 給乾淨妹，如果她可以早點完成所有的 task，那就不用在這裡加班。」我說。

乾淨妹還在思考著，沒有回應。

「你怕我給你過多的工作量，變相逼你每天都要加班？我不會這樣做……而且你亦沒有選擇的空間，因為這已經是我最大的讓步。作為一個 SIC，我要做到一視同仁，為何你不用在 client office 加班，但其他人要呢？你要明白，這已經是我最大的讓步。」我說。

「好吧！」乾淨妹輕輕點了一下頭。

這是我第一次給同事訓話，因為我不能容許不公平的事發生，即使環境很惡劣，但同事們未做完 testing，我又可以怎樣呢？

及後的五月和六月，乾淨妹慢慢習慣了這個惡劣的環境。果然人的適應能力是沒法被低估的，如果你適應不了環境，就只有被淘汰。

****

之後，同事們不是放考試假，就是放結婚假，有時只有我跟一個 Associate 和 Intern 在 office。

有天晚上八點，警鐘長鳴，響了至少十五分鐘還未停下來，保安員也不知道是因為後面的廠房出現問題，或是誤鳴。

「不如走為上策？」我望向兩位同事。

兩位同事立即拍手叫好，我馬上 call 的士，只求逃離這個鬼地方。上了的士後，Intern 突然驚慌大叫起來：「哎呀！我們走得太匆忙了，沒有帶上銀行詢證函。如果發生大火，不就燒毀所以的銀行詢證函嗎？沒有了 audit evidence，可以怎樣辦？」

Associate：「如果發生大火，怎會只燒毀銀行詢證函？什麼也沒有了，還做 audit 幹什麼呢？保命要緊！」

我笑到停不下來，同事在逃命的時候，想著的竟然是銀行詢證函有否受到損壞。在逃命的一刻，生命應該比銀行詢證函還重要吧！

在這間公司的教育下，也許人最重要的並不是生命，而是工作，無窮無盡的工作。你們可能覺得以上的小插曲只是笑話一則，但當你看到同事們即使生病入醫院，還在回覆電郵，還在處理工作上的事情，即使醫生要求同事留院觀察，同事還是選擇跑回公司工作。你想像不了工作對他們來說有多重要的！

****

坦白說，這是我第一次帶領一間相對有規模的上市公司，我確實感到壓力，尤其是全 team 都沒有這間公司的 audit 經驗，同時又沒有佛系姐的協助。

有時只要我們稍有失誤，就即刻收到 Client 的問候，「你們有沒有檢查？有無用心去做？回去重做！」

有次，我為了應收帳款的撥備，跟 Financial Controller（"FC"）吵架，她不肯讓步，當然我們亦不能讓步。

FC 氣沖沖地說：「你叫你大佬跟我談應收帳款的撥備！」

我淡然地說：「你們的撥備確實是不足夠，即使是能力哥在場，我們只會得出同一個結論。如果你無任何 supporting document 去證明應收帳款將來可以收回，這個撥備是一定要做的！」

我們爭執了很長時間，但在公告前的兩週，最終 Client 還是讓步。經驗告訴我們，只要時間到了，總會有一方做出妥協，只是我們不知道是 Client 還是 audit team 作出了讓步。

明明已經到六月份，但每天我們還是工作到凌晨三、四點，然後九點半準時返到公司，我感到非常疲憊，但還有很多工作需要完成。慶幸的是 announcement 總有完結的一日，我們最期待就是那個 hard deadline，那個終點！

經過這一次後，我覺得自己又進步了一點點。在這裡工作，除了為錢，還希望自己可以在努力中有一點點進步和成長。作為一個 SIC，果然是經歷了許多，亦進步得最快⋯⋯

49・陪坐文化

之後，我被 book 落一個 IPO 項目，雖然我在這個 booking，不過是路過性質，但這個 team 也蠻有趣。

Audit team 有三位成員，分別是不眠姐 (Senior Year 3)，我 (Senior Year 2)，及馬高仔 (Associate Year 1)。

不眠姐，能夠稱得上不眠，代表她很喜歡加班，亦以加班為榮，我最怕就是跟這種人，大家快手快腳完成工作後放工，不是很好嗎？為何平白無事也要在公司加班呀！

我知道努力工作的同事，最怕有人在身邊嘈着她。我為了要早放，只能使出殺手鐧。

「你今天想不想早點回家？」我露出鬼臉。

「無可能，SIC 最鍾意全 team 人留到凌晨三、四點！」馬高仔絕望地望向我。

「信不信我可以令她早點批准我們放工！但我要你的配合，你可以做到嗎？」我帶着說不出的自信。

「當然做到！」馬高仔給了我一個讚好的手勢。

我跟馬高仔坐在 SIC 的旁邊，連續聊天八個小時，細聲講大聲笑，完全沒有停過。她要求我們坐在她身邊，但沒有不准許我們聊天吧！

上到工作雜事，下到恐怖片，我們也能聊一番。我對馬高仔最深刻的印象，在於他對恐怖片的深入了解，現在很少男生會看恐怖片。我們邊工作，邊開玩笑，邊聊着血腥的恐怖片。

我們由笑片《貞子》，聊到《猛鬼街》，《深山大屠殺》，再聊到《魔蟲口入》。

可以找到一個跟你聊《魔蟲口入》的同事是何等困難，當我們談到邊吃肉醬意粉，邊看《魔蟲口入》是何等嘔心的時候，時間過得特別快。

「不如你們先回家？」不眠姐見快到 12 點，再也忍受不了我們的嘈吵。

「你不用我們幫忙嗎？」我還故作關心。

「不用了，現在也很晚，你們先回家吧！」不眠姐無奈地搖搖頭。

我在枱底跟馬高仔 give me five，yeah 放工！

「雖然這個策略很有用，但經過八小時的聊天之後，我有點喉嚨痛。」我細細聲在他耳邊說。

這個行業充斥著不眠姐這類型的人，她們沒有緊急的事要同事處理，但就是喜歡留人到凌晨，一來可以陪她們工作，二來可以給別人「好 wok 得」的觀感，但這行業有誰不辛苦呢？我想 wok 得應該是基本的能力吧！因此，你 wok 到凌晨三、四點又有什麼值得驕傲的地方呢？

更恐怖的地方在於，她自己 wok 到凌晨，卻不屑你可以早放工，就算你沒有特別事要做，也要陪她坐到凌晨三、四點才能放工。

這個陪坐文化，確實無聊！

希望大家都遇到一位肯放你回家的 SIC 吧！

50・總會遇到 A 字膊的 Manager

升了 Senior Year 3 後的 Peak Season，我被安排做眼鏡公司的 SIC。本來這個 engagement 應該人手非常充足，有我、Senior Year 1、Associate Year 1 和加班妹（Intern），但他們的 booking 只到 2 月尾，最忙的 3 月份卻只有我跟加班妹。

2020 年 1 月，新冠肺炎爆發，口罩短缺，大家為一盒口罩東奔西跑，尊貴的客戶當然忙於 work from home，他之所以尊貴，因為他在家是不能工作，當然亦沒有提供我們任何 audit schedules 和 consolidation notes。

「今天說明天給，明天說後天給，不如下世才給好過！」

他的拖字訣就由 1 月中拖到 3 月中，才肯給我們一個完整的 consolidation。這數個月，他們的 working 也有不同程度的錯漏，連底數也不停地改動，所以之前做的 workdone 又要重做一次，但三月卻只有我跟加班妹，怎樣做得完呢？

而且，眼鏡公司持有一些衍生品，我們需要內部的 valuation team 去審閱這些衍生品的公允價值是否合理。在大多數情況下，如果 Senior 要求 valuation team 在 announcement 前提交一份 memo，valuation team 都會忽視這個要求。少爺仔（Manager）即使知道問題的嚴重性，還是選擇袖手旁觀。最後，Partner 主動介入，找 valuation team 的老闆，我們才可以在 announcement 前收到 valuation memo。

在大多數的情況下，少爺仔的工作時間是從早上十一點到晚上七點，但有數次我們在凌晨兩點收到了他的 Q，要求我們立即回答所有問題，並在第二天早上九點準時將修改

後的 deliverables 放在他的桌上，他還期望在 10 點前能夠交給老闆 review。他的時間管理能力確實讓我們感到震驚。

這隻 job 本來很簡單，但因為尊貴的客戶在 3 月中才給我們一個完整的 consolidation 和 announcement，而且我們發覺最新的版本跟以前的版本存在着很大的差異，所有的 working 都要重新改過或者要加 workdone，但我們 team 就只有我跟加班妹，所以才讓原本很輕鬆的 job，變成 wok job。

在 announcement 前的兩個星期，我們每晚都要工作到凌晨四點。我正常不需要 Intern 加班，但當現實步步進逼，我也沒有辦法。只有我跟她，不是我做，就是她做。

這是我最後一個 Peak，每當做到凌晨時分，我總在想，明明已經決定數月後會提出呈辭，為何現在還要 wok 呢？為何要關心 Client 能否順利 announce 呢？到底沒有結果的堅持，又為了什麼呢？

想了又想，我想是責任感吧！

51・Audit 生涯的最後一隻 Job

五年的 audit 生涯總有結束的時候，我有自己的時間表，對我來說世界之巔是我 audit 生涯最後一隻 Job。

世界之巔的 Financial Controller（勝利哥）經常與我討論我的晉升機會。他總覺得我升 Manager 應該沒有問題，同時問我升職後，會否繼續 in charge 世界之巔。

每次聽到，我也只是微微一笑……

預計到自己將會離開，這次的 audit 不再由討好 Manager 出發，只希望可以盡快解決世界之巔的 issues，順利 announce，希望可以做好最後一隻 job。作為它三年來的 Auditor，我感到很榮幸，多謝這三年滿滿的學習機會。

今次 audit team 有我（Senior Year 3），沉默仔（Senior Year 2），Confirmation 仔（Senior Year 1），瑤瑤妹（Associate Year 2），中大妹（Associate Year 1）和露臍妹（Intern）。

你們還記得中大妹嗎？數年前我剛剛做世界之巔的時候，她是這隻 Job 的 Intern，她每天埋頭苦幹做 testing，總是用一副幽怨的眼神望著我跟佛系姐。我們總叫她加油，因為叫她加油的人永遠幫不了她。

那年，我不是答應了她，會 book 她做世界之巔嗎？最後，我兌現了我的承諾。

「為何又 book 我回來？」中大妹用無比幽怨的眼神看著我。

「因為你太傑出了！」我忍不住奸笑了一下。

「到底你怎樣才肯放過我？」中大妹輕輕嘆了一口氣。

「你很熟悉我們尊貴客戶和 client office，不用我再介紹吧！」我淺淺一笑。

中大妹瞪了我一眼，沒有再說什麼……

****

露臍妹這個稱呼源於她第一天來世界之癲的 office 時，穿著露臍裝。她的出現讓世界之癲的入數姐姐情何以堪呢？我已經告訴她明天不要再穿露臍裝，但今天我也沒有多餘的布料可以用來遮蓋她的纖腰。因此，Client 向 CFO 投訴她穿著露臍裝在公司裡走來走去，衣着太暴露。

有次開會，我老闆跟 CFO 本身聊著 audit issues 和 Key Audit Matter（KAM），但 CFO 突然提醒我們要注意自己的衣著，不能穿露臍裝。

我心想：「到底同事穿露臍裝有多大問題，需要特別在會議中提及？如果你覺得是重大 Issue，那就放在 KAM ，一了百了！」

可是，這一行就是如此保守，特別是年長的 Client，什麼事也可以投訴一番。

****

今年世界之癲的 office，真是太骯髒了。有次，我在洗手間居然看到一隻小強在我腳邊穿梭，我還來不及大叫，它就迅速從一個廁格跑到了另一個廁格。

重點是，今年 audit team 辦公桌上竟然有一堆螞蟻長期在枱面行來行去。

我做到午夜，寫 fluctuation 的時候，突然見到我的 "Full Stop" 在慢慢移動，我心想，未到七月就見鬼，會否邪了點？

看真一下，原來有隻螞蟻在假扮自己是 "Full Stop"，不停的動來動去。

它在我的螢幕行來行去，再在適當的位置假扮自己是 "Full Stop"，我就知道牠的智力非凡，千萬留不得……

牠即刻死在我的紙巾之下。

這間公司到底怎樣呀！怎麼連枱面也有螞蟻，還要放螞蟻去咬 Auditors 的手指！

****

今年，我吩咐 Confirmation 仔處理所有銀行詢證函的事宜，但他卻不滿地說了一句：「做銀行詢證函是 Associate 的責任，而不是 Senior Year 1 要負責的工作。」

我微微一笑地說：「你做落去就知道這間公司的銀行詢證函需要有一點歷練的同事才可以做到，而且我們老闆做 Senior Year 3 的時候，不是還在做銀行詢證函嗎？它不是你想像中容易處理。」

當然事實證明，Associate 不可能處理到這間公司的銀行詢證函，因為有不少條款和理財產品都需要跟銀行確認。

我還將 Confirmation 仔升格做 TIC（Testing In Charge），世界之癲每間公司都有各自的 Testing，一個

SIC 根本處理不了如此多的 working，那我就將自己 in charge 的權力分一點給下面吧！

你可能會奇怪，為何不將沉默仔升格做 TIC，畢竟他已經是 Senior Year 2，不是更合適嗎？

不，因為他要幫我處理其他重要的 working 和 audit issues，如果他變成 TIC，就沒有多餘的時間學習這隻 Job 獨特的 Issues。

TIC 的工作何其重要！每隔數天，我就會問他所有 testing 的進度。如果進度不行，我就直接質問他為何還未做好。罵 Associate 是沒有意思的，因為她們的能力還未足夠了解到 testing 的全貌，她們需要有經驗的人去指導她們，而這個有經驗的人就是 TIC。

瑤瑤妹很直接地說：「你在 Associate 面前就扮好人，但就捽 Confirmation 仔，什麼事也由他背黑鍋。」

我說：「你有無想過，如果沒有他做中間的橋樑，有誰有空處理你們的問題。如果他不願意教你們，我就對他訓話，逼他一定要跟你們站在同一陣線上。你們中間有 Confirmation 仔頂一頂，其實已經很幸福！」

瑤瑤妹嘆了口氣：「我們一點也不幸福，你看那幾百張 working，我們怎能做得完？不如早日辭職好過，簡單又快捷。」

我嘴角上揚地說：「出面風大雨大，你們可以走去哪呢？乖乖地做完今日的 task 就放工走人！」

****

今年這隻 job，除了轉換 Engagement Partner，亦轉換了 Engagement Manager。Manager 由以前的能力哥轉為日出姐。

她是一位肯用心做的 Manager，她第一年接這隻 Job，我理解她有多緊張，有多想控制個 engagement，而且她要應付一個以 technical 見稱的老闆並不容易。可是有時候我隔半個小時就收到她的電話提問，我的工作也得很不容易呀！

有天早上，她打電話給我時，發覺我的電話未能接通，就趕緊打電話給瑤瑤妹問我在哪，瑤瑤妹想也沒想就說：「你等等！我 SIC 在出面『企街』！」之後，她大聲叫我：「麻煩出面『企街』那位 SIC，進來聽聽電話。」

我黑了面，盯著她看：「可以放點尊重嗎？」

她笑笑口說：「對着你就不用尊重，因為你不會對我生氣！」

我目無表情地說：「做 SIC 要做到多廉價，才會被 Associate 話自己『企街』呢？我想知道我一晚收費多少？」

她笑個不停地說：「你是免費！你加班有加班費嗎？」我張臉已經濃過面包超人了！

她說：「快點聽 Manager 的電話！」

這兩個月最常做的就是 status update，無時無刻的 update，已經佔了我五成的工作時間，只有夜晚空出來的時間才可以做 working。

當然還發生了小型 audit issues，例如漏寄存貨詢證函及發生續牌的問題等等。

勝利哥：「你會幫我們吧！」

我搖搖頭：「老闆的死 Q 來，怎樣幫呀！」

勝利哥：「我知道你一定有辦法！」

我嘆了一口氣：「我們試試打去不同的機構查詢，看有無解決方法。」

即使 issues 有多難解決，只要不是重大的錯誤，到 announcement 前都一定可以順利解決，畢竟無論是 Client 或是 Audit Team 都希望可以準時 announce。

52 · 最後一份 Announcement

經過無數個無眠的晚上，無數個日與夜，世界之癲終於公佈業績，它是我 audit 生涯入面最後一次 announcement，同時標誌著我 audit 生涯的結束。

我曾經幻想，我在 HKEX 網站見到 announcement 時的第一個反應會是怎樣呢？

我幻想我第一個反應是：「X，終於 announce 完！放工！」

可是我怎樣也猜不到，見到 announcement 那刻，我突然間好感動，鼻子一酸，雙眼泛着淚光。為免被同事察覺，我只好將目光投向遠方，好好控制自己的情緒。

這是我最後一份 announcement，那些年所有的回憶也湧上心頭。

在這間公司，在這個 engagement，我有許多的第一次，當我計劃好要離開時，才發現我其實欺騙了自己五年。一直以來，我以為我很討厭那種為做而做的工作，但事實上，我非常珍惜並感激自己所經歷的一切。更重要的是，我要感謝自己，即使在想要放棄的時候，但我從來沒有真正放棄過。

第一年做世界之癲，我連做 reclassification adjustment 也可以被 Client 責罵，因為我的 adjustment 是整數，沒有做到小數點後兩位。

我真的很不想 recur，地點又 wok 又骯髒，又多 workdone 要做。

第二年的時候，我無奈地做了 In Charge，但其實我好大壓力，亦很失落。這隻 job 沒有足夠的人手，但工作量過多，可是即使肉體多疲勞，也比不上心的累。有無數個時刻，我覺得不如直接放棄好了，但我卻選擇了堅持⋯⋯

Announcement 前數天，我們放工時天色已經泛白⋯⋯

Audit 就是這樣一回事，即使看似不可能完成的任務，到最後也會順利完成。

第三年的時候，wok 的位置不一樣了，人手多了，但卻沒有減輕我們的 workload。我要處理的 line item 確實少了，但每天卻不停在做溝通的工作，做 working 的時間反而少了許多。

雖然已經是我第三年做，但我在勝利哥身上，卻學到了解決問題的方法。他教我怎樣拐個彎去解決問題，怎樣主動溝通，透過讓步和妥協去達到自己想要的結果。

作為一位 Auditor，每日都面對新的問題和困難，即使你面對的困難看似解決不了，但世界上辦法總比問題多⋯⋯

53 · Auditors 的精彩愛情生活

在 Audit 界，我們見過許多不堪入目的愛情，總令我們懷疑愛情到底能否忠貞，能否潔白無瑕呢？

在公司入面，總有同事會出賣自己的身體，誘惑已婚高層，以換取更好的 booking 和升職機會。旁人很難理解為何在 audit firm，一個外界覺得是地獄的地方，一個只要同事有手有腳就能升職的地方，竟然有人會願意出賣自己的身體，以博取升職的機會。

當你墮入升職陷阱之後，你的目標只是單純為了升職。每天腦海中不停地想如何用最快又最容易的方法達到你的目標，你壓根兒不會思考這個方法的好與壞，或者合乎道德與否。

或許回顧過去，你會後悔自己的決定。不是因為出賣身體這個行為，而是壓根兒不用做到如此廉價，不過是為了在地獄升職，那些微不足道的事情，不需要付出自己身體吧！身體就算要賣，都要賣得有價值！

除了出賣身體上位，同事每日在公司加班，日夜顛倒工作，除了彼此建立了深厚的感情，當然更容易成為出軌的對象。

有同事在內地跑 Field 太苦悶，即使他們都有穩定的伴侶，但為了解悶，他們竟然發生了關係，女生還懷上了出軌對象的孩子。之後，她跟原先男友分手了，再跟出軌對象在一起。

你們沒法想像 Auditors 平時工作又大壓力又忙碌，但感情世界卻更精彩。公司的情侶離離合合，出軌復合又再出軌，一腳踏幾船的事例確實不少，但是否所有 Auditors 也是這樣，答案一定是「否」！

公司還有一群人，在這個情慾迷宮中，選擇對自己的伴侶專一，專一只為愛一個人，努力工作只為建構彼此的小家庭。我想當你看過太多的出軌離合，才發現伴侶的專一和從一而終的可貴。

曾經我們都太年青，總在道路上跌跌碰碰，不懂處理自己的感情事，亦妄想出賣身體可以得到自己想要或是在慾望的迷宮中迷失自我。在這個愛情像龍捲風的時代，愛情和性愛可以一瞬間發生，沒有什麼是永遠的，大家不過是合則來，不合則去而已。

說到最後，專一與否不過是個人的取態而已。只希望我們都沒有做出令自己後悔的事就好了⋯⋯

54・如果可以，我想收回辭職信

我在 resign button 徘徊了很久，最後還是撳了掣。撳掣
那刻，眼淚不期然的湧了出來，我足足哭了一個小時，雙眼
又紅又腫，但這是我最後的決定……

離開從來不是一個容易的決定，特別是這裡見證著我的成
長，沒有了那些年的經歷，也許我現在不過在 commercial
做 Accountant，可能還未升職到 Senior Accountant，
每月領著兩至三萬元月薪罷了。

到離開的一刻，我還是很感謝那年聖誕節的 offer，
『Congratulations! We are delighted to be offering
you the position of Associate.』。它是我收過最棒的
聖誕節禮物。

看到這裡，你們一定會問：「為何最後選擇離開呢？」

由 Associate 的時候，升 Manager 一向是我的目標，只
是我沒有實踐勁人哥的建議，做好形象的工程，泊好碼頭，
搵大 job 去支持我升職。到新冠肺炎爆發，公司沒有足夠
的 budget 升所有 Senior Year 3 做 Manager，佛系升
職的我，落選也是意料中事。

當然可以坐多一年做 Senior Year 4，但我覺得沒有意思，
可是後來我發覺，公司下一年很缺乏 Manager，所以差不
多所有 Senior Year 3 也晉升為 Manager 了，但這也是
後話。

我是一個很倔強又好勝心很強的人，曾經我很介意那些年
沒有好好努力埋堆及做好形象工程。我總在質問自己，如
果那時候努力一點，可能一切也會不一樣了。

每天總是充滿着自責及後悔，我怎樣也不能好好地放過我自己……

辭職後，我只能努力找工作。那時我下定決心，我一定要找到一個好 offer，新公司的名氣更響，新公司的名氣要大到所有人都認識，title 及薪水也要同時提高。

在我 last day 前一天，我終於收到一間大型跨國保險公司 Finance Manager 的 offer，這個 offer 達到我剛提及的所有條件，那時除了覺得不可思議外，竟然希望世界上有交換 offer 這回事，那我就可以用保險公司的 offer 換取 Audit Manager offer。現在回想起來，我多希望自己可以更成熟一點，更能為自己著想，更能選擇對自己最好的選項，但我就是那麼少不更事……

世界上沒有交換 offer 這回事，所以我的 last day 還是如期來臨，我交出了陪我走過大江南北的電腦和員工證。我步出公司門口後，用堅定的語氣跟佛系姐說：「我一定會再回來的！I will be back！你相信我嗎？」

佛系姐：「我相信你，只是我怕即使你再回來，它也不再是你最想要的東西了……」

55・有血有淚的搵工日子

我撤完擎，只能努力搵工，但那時的經濟環境非常糟糕，失業率很高。即使我尋求 agents 的幫助，他們也無能為力，我甚至還被嘲諷了一番。我相信以下的對話大家應該都有共鳴，而且我也會分享一些關於 Auditors 找工作的困難和小技巧。

Agent 說：「我們目前只有 Senior Accountant 的職位空缺。你有興趣試試嗎？」

我說：「Assistant Manager 或者 Manager 都沒有職位空缺嗎？」

Agent 說：「第一，現在是 Auditors 離職的季節，許多 Audit Manager 也在尋找工作，怎可能輪到你找 Assistant Manager 或 Manager 的職位？而且，你又沒有 commercial 經驗，什麼也不懂，確實難以讓別人相信你有能力勝任這樣的職位。」

我求 Agent 說：「我知道你也很為難，但可以給我一個機會試試看嗎？」

Agent 說：「目前我手上只有幾份 Senior Accountant 的職缺，薪資範圍可以達到 HK$40,000。你有興趣嘗試嗎？」

我說：「薪資有點低，但我願意試一試！」

隔天，Agent 打電話來。

Agent 說：「我已經為你美言了數句，但他們考慮到公司的 Assistant Manager 只有三年的 audit 經驗。他們說

Assistant Manager 不太喜歡申請人在 audit 行業工作太久。」

我嘆了一口氣地說：「我明白的，所以他們擔心我可能會取代他們⋯⋯那麼你有無 FS 工作可以介紹給我？」

Agent 說：「你有無 FS 經驗？」

我說：「有幾個月經驗。」

Agent 說：「幾個月算什麼經驗！你除了有會計師牌，還有其他牌嗎？」

我說：「無，我只得會計師牌。」

Agent 說：「你無經驗，又無其他牌，公司怎能相信你有能力勝任這個職位呢？」

我說：「我會努力的！給我試試看吧！可能 interviewer 喜歡我呢？」

Agent 說：「這裡是商業社會！你知不知道我們每天收多少 Auditors 的 CV？這些 CV，一點優勢也沒有。」

我無奈地說：「我明白了，如果你有工作機會，就打電話給我吧！」

Auditors 與畢業生搵工並沒有太大差別。雖然他們有幾年的工作經驗，但當他們找 Commercial 工作時，他們仍然像一張白紙般，缺乏任何 Commercial 經驗。Commercial 對 Accountant 的要求不僅是懂得 standards，還需要應徵者俱備 operation 方面的經驗，

而這正是審計師所缺乏的經驗。

沒有 Commercial 經驗的後果往往是被壓價，可是即使他們被壓價，至少也有 job offer，最慘是連 interview 的機會也沒有。

每個 Auditors 在搵工過程中都會經歷這樣的情況。只要你曾經 send 過 CV，就會明白 audit 經驗並不如你想像中搶手。在 audit 領域停留的時間越長，對你搵工就越不利，尤其是對於 Manager 或 Senior Manager 職位。因為這些職位的薪水較高，Commercial 未必願意支付同等水平的薪酬，所以有些 Manager 出去找工作時往往會面臨降薪的情況。

搵工最重要的秘訣之一是不要害怕 send CV，無論你是否喜歡該公司，都要給自己一個機會。即使最終你可能會拒絕他們的 offer，但 interview 的經驗非常寶貴的。你一定要盡可能多 interview，之後反思自己的表現，並加以改進。

其次，你需要知道自己追求的是什麼。在薪水、公司聲譽、公司地點和職位中，哪一個對你來說比較重要？因為當你有兩個以上的 offer 時，你就需要使用這種方法來做選擇。

此外，心理素質永遠是決定你是否獲得 offer 的關鍵。在搵工的過程中，迷失是非常正常的。因此，你需要調整自己的心態，永遠相信自己值得更好的 offer。

搵工很難，特別 Auditors 常常日夜顛倒地工作，就算幸運地有 interview 的機會，也沒有足夠的時間可以準備 interview。可是，你要記住，你的前途是你自己，而公司是你老闆的。你需要為自己的前途努力奮鬥，否則，到你離開的一刻，才明白什麼叫做「後悔」！

56・做 Audit 值得嗎？

剛大學畢業後，從事幾年 audit 工作並不是一件壞事，尤其是如果你的能力平庸，並且沒有獲得銀行或其他管理培訓生（MT）的 offer。從事 Audit 工作可以讓你快速加薪，三年後月薪可以達到大約港幣四萬左右，在香港地來說，已經算很不錯了。

如果你想學習會計的專業知識，我想這裡可以提供你滿滿的成長機會。第一年做着 testing 的工作，第二年已經開始帶細 job，到第三年直頭帶上市公司的 audit engagement。即使我們總是批評 audit 的 working 只是為做而做，根本就是浪費時間，但如果你工作時不是盲目地 copy and paste，還願意認真研究一下 working，你還是可以學到專業知識。

審計的另一個好處是你可以全面了解公司的財務報表，並且在不同的 accounting issues 中學習。這是一個很難得的經驗，因為如果你只在 Commercial 工作，可能在五年的時間內，你只負責應收帳款等特定領域。因此，在 audit 行業，你可以獲得更廣泛的知識，但深度可能相對不足。

此外，我們都是剛畢業或畢業數年的人，大家之間沒有太大的代溝，有點像大學生活的延續。大家一起加班，一起吃加班飯，有一種熱血的感覺，但這種感覺並不會持續太久。在職場上，就像在戰場一樣，即使你和同事們很熟悉也好，最好還是保持一定的距離，以保護自己。

加上，audit 工作還可以培養你的專案管理、時間管理和人員管理能力。畢竟，每個 audit 項目都是一個小型項目，同時涉及人員管理、工作分配以及處理突發事件的能力。相較之下，在 Commercial，你可能無法在三年內學到這些

技能。

我覺得畢業後選擇從事 audit 工作，可以在幾年內將薪水提高到不錯的水平，也是一個很好的起步點，但過了數年後，是否值得再為公司賣命，就有商榷的餘地。

隨著時間推移，人長大了，想法亦不再一樣。同樣的工作機會，你在不同時間和環境下選擇，也可能會有不同的結果。

這份工作的工時長，壓力大，當然薪水亦不少，但薪水能否彌補你的付出，能否彌補到你過多的精神壓力呢？大家都心中有數。離開是這個行業的常態，當你再也找不到留下來的理由，辭職只是早晚會發生的事。

世界上沒有一份工作是完全沒有缺點的，你應該留下來，還是離開，你只需要問自己一個問題：「你覺得值得嗎？」

這份工作可以有 100 個令你離開的理由，但你卻為了一個理由而留下來了。

你留下來的原因，可以是因為工作成功感、與同事的關係、工作模式，或只是因為找不到更好的 offer，但又沒有裸辭的勇氣，所以被迫留下來。

留下來的人不容易，但難道選擇離開的人，又容易嗎？

要離開一個熟悉的地方，而走向另一間公司，另一個職位，這不是一個容易的決定。如果不是在工作上根本沒辦法涯下去，有誰會選擇離開呢？

由你決定離開的一刹那，代表你對這個地方已經沒有任何留戀了。我深信那怕只有一點點的留戀，你也會為這個理由而留下來。

「到底我應否留下來呢？」

你心裡不是早有答案嗎？

57 · 多謝公司

你會用什麼字去形容這數年 audit 的生活？

「熱血」同「開心」

大學的數年，是思想最自由自在的三年。未畢業，沒有職場經驗，但卻擁有最珍貴的夢想。那一個只會向前衝，但不怕輸的自己，在一無所有之時，更顯得彌足珍貴。到現在回想起來，那時看似一無所有，但青春、時間和機會，卻是你用再多的錢，也買不回來的。

我們那時看似一無所有，但卻擁有了全世界。

畢業後，我從事 audit 工作，既重覆又辛苦，但每天都有不同的新挑戰。未入行前，前輩們不停的提醒我們：「做 audit 前要三思，你沒法想像做 audit 有多恐怖。你入職之後，只會過著有返工無放工的生活，job 疊 job，瘋狂加班無補水，更被上司捽到不似人形。」

即使到現在，我覺得前輩們說得太正確了，只是那數年的經歷，我想起了什麼呢？

居無定所的生活，只有要 WiFi 和電腦的地方，就是工作的地方；

帶着我的戰友（電腦）遊走中國大江南北，audit 客戶的財務狀況和報表；

有試過起飛前數小時，才被通知我要立即起行，訓練我可以立即整理行李，搭飛機出 trip 的心態；

有試過滯留在鄭州機場 8 個小時，無助又無聊；

有試過生病了還勉強自己上內地跑 field，繼續無盡的加班。我覺得那時的自己太瘋狂了，難道為了工作，可以連命也不要嗎？

人在決定之際，才能誠實面對自己。

其實我那些年跑 field，沒天沒日地加班，這種生活真是太精彩，太熱血！

如果你真的討厭一件事，你沒法做數年之久。

可是做 audit 真的很辛苦，那種辛酸是非 Auditors 無法體會的。每天我都被不同的 parties 壓榨，還要應付上司不合理的要求。有難過想哭的時候，有擔心自己做得不夠好的時候，有面對不合理的要求還要強顏歡笑的時候，但時間走著走著，回憶留下來的是什麼呢？

不是被壓榨的場景，而是一個又一個的笑臉，一幕又一幕無聊的對話。我很感謝我遇到每一位朋友和同事，你們的出現，都令我這五年的生活既開心又熱血。

有時候，我真的很想念以前的自己，那個會為做好一件事而努力不懈，即使遇到困難，還選擇勇敢面對的自己。我覺得那時的自己，才是真正的自己。

我花了很久的時間，去尋找那位「最熱血」的自己，曾經我放棄了在保險公司的工作，放棄了更舒適的職位，只求回到過去，希望再找到那個又熱血又清澈的自己，但無論我怎樣努力去找，也再找不到那時的自己了。

那一個她好像躲在我的過去裡，躲進我內心深處，看不到，摸不到，只能憑著回憶中的點滴，感受到她曾經存在過。

我真的很想念那個不顧一切勇往直前的自己⋯⋯

直到有一天，我聽到一個 podcast 頻道，他談及人如何維持對工作的熱情。那一刻我才醒覺，我根本不應該回到過去尋找那一個她。

那時的熱情和成就感，不是來自於 audit 這份工作，而是源於曾經努力過的自己，我欣賞那個在緊要關頭，即使眼泛淚光，但選擇咬緊牙關的自己。

過去，再也回不去了，我亦再沒有以前的清澀⋯⋯

那一個她，不可能再遇見了，她會轉化為另一種形式存在。

多謝那五年的自己，沒有選擇到放棄。沒有昨天的你，不會有今天的我。

最後，我想多謝公司！多謝那年 interview 我的 Partner 和 Manager，還有給我機會回到過去的 Partner，你們的決定，帶給我一個既開心又辛酸的經歷。當然還要多謝我在公司遇到的每一位同事及朋友，多謝你們給我一個高潮迭起，既辛苦又開心的經歷。

如果要用四個英文字去總括那五年的經歷，我想是：

「**Your Future Starts Here!**」

書　　　　名	踏上審計師之路 1825 天
作　　　　者	Fake 文青
出　　　　版	超媒體出版有限公司
地　　　　址	荃灣柴灣角街 34-36 號萬達來工業中心 21 樓 2 室
出版計劃查詢	(852)3596 4296
電　　　　郵	info@easy-publish.org
網　　　　址	http://www.easy-publish.org
香 港 總 經 銷	聯合新零售 (香港) 有限公司
出 版 日 期	2024 年 7 月
圖 書 分 類	流行讀物
國 際 書 號	978-988-8839-91-9
定　　　　價	HK$ 98

本小說人物、情節或相關團體皆屬虛構，如有雷同實屬巧合。

如發現本書有釘裝錯漏問題，請攜同書刊親臨本公司服務部更換。